U0942463

黯

Fainted Love

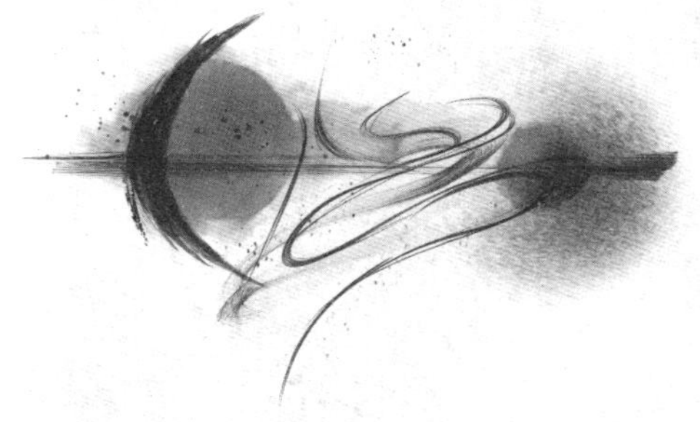

莎比亞　　著

— CHARACTERS —

登場人物

祝悠嘉　　自在山

黄宇捷

目 錄

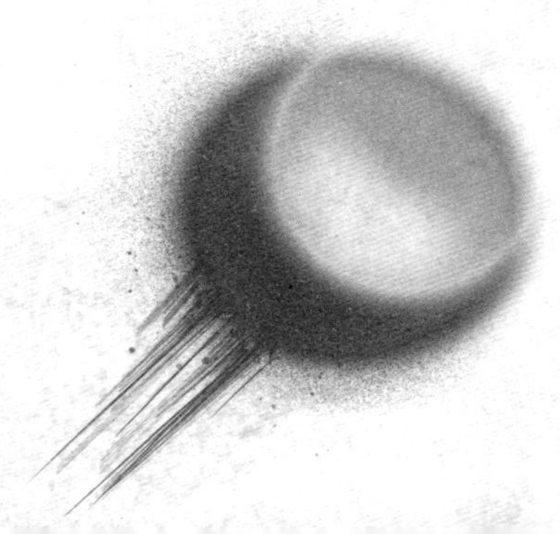

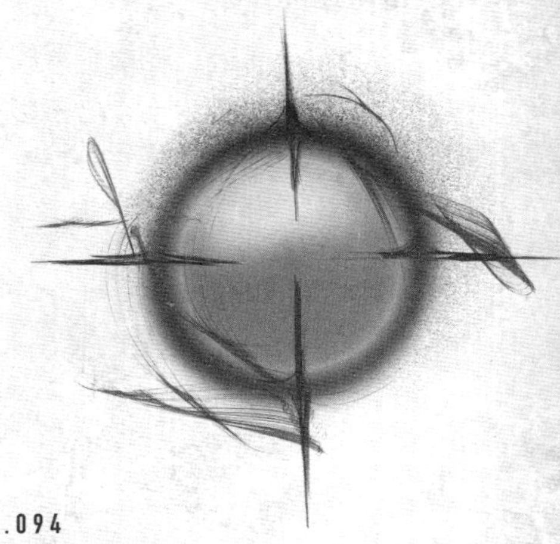

第一章／

暗中監察

深夜時分，寂靜的街道上，穿著黑色連身裙的葉忻加快腳步向前方走著。

憑著她多年來被跟蹤及調查的經歷，直覺告訴她，後方一定有人存在。

「***這次又是甚麼人……***」

突如其來的擔憂令氣質沉鬱的葉忻皺著眉頭。該停下腳步轉身還是加速跑回家？如果只是一般的醉酒漢或只是想撩妹的小混混倒還好，手袋裡的摺刀應該足以趕走對方，但若然跟蹤者是那些一心想查出她身分的人，後續影響就會更麻煩。

「***才剛剛住慣這個地方，不想又搬家……***」

葉忻衡量過情況後，決定先再多走一會兒，保持著低頭，右手已伸進手袋裡握著摺刀，隨時準備好停下來反擊。

葉忻所住的居所雖在鬧市，卻是街道盡頭最偏僻的角落，而且是一棟舊式建築，幾乎已沒有住客也沒有任何管理團隊。大部分時候，當她踏足這條街上，四周都只有她一人，所以若然有其他人移動的身影，都足以引起她敏銳的洞察力。

即使大聲求救都是孤立無援。葉忻以步速來作測試，當她再加快腳步，幾乎以慢跑的速度走著時，身後傳來更為明顯的腳步聲。還有不足數百米就到盡處，無可奈何，只能取出摺刀轉身與跟蹤者對恃。

「沒辦法了……」

葉忻轉身，雙手握實摺刀指向前方，神色緊張，卻發現……

「沒人！？」

喘著氣的她輕聲自語：「難道因為我喝了半杯酒，有點醉所以有錯覺？」

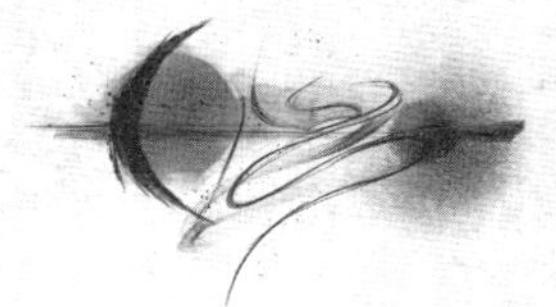

在葉忻轉身前一刻，跟蹤者被一名男子掩著嘴巴強行拖到後巷裡。

不是錯覺，跟蹤者的確存在，是一名戴著鴨舌帽的男性，手上拿著相機。他試圖掙扎但根本不夠力氣，更被對方的手臂勒緊頸部，幾乎沒法呼吸。

「放過我吧，有事……慢慢說。」跟蹤者勉強地求饒：「我也只是來工作而已，不會反抗的。」

對方稍為鬆開了手，但只給跟蹤者喘口氣的空間，要是他想逃走，還是可以一下子將他箍緊。

跟蹤者穿著一件普通的深藍色恤衫及黑色扯布褲，戴著一副黑框眼鏡，整身打扮以輕便為主，看上去跟路人沒分別。

「你……也是私家偵探嗎？」跟蹤者問道。

平常他必然保密身分，但在被要挾的情況下，來者不善，主動自白避免誤會才是聰明之舉：「我純粹工作而已，對那位女生沒惡意的。你放開我才說吧。」

「欸？私家偵探是嗎？」挾持者終於開口。

在這條幽暗的後巷存在著一個私家偵探以及一個身分不明的挾持者。

「我的卡片在褲袋裡……可以向大哥你證明。」私家偵探合十雙手求饒。

挾持者雖然有擔心過私家偵探會否藏著甚麼武器，但他有信心無論對方耍甚麼花樣，他在身材及速度上都具備壓倒性的優勢，所以輕言一句：「好。」

幸而，私家偵探也沒打甚麼鬼主意，向挾持者展示自己的卡片，並打量著他。大概一百八十五公分的挾持者全身黑衣、黑褲、黑鞋，戴著黑口罩及黑帽子，唯一暴露於空氣中的就只有一雙腰果眼。

「希望他只是同行吧……」

挾持者並沒有質疑私家偵探的身分真偽，問道：「是誰聘請你來跟蹤她？目前你知道甚麼？」

私家偵探答：「大哥！請相信我，今天是我第一天展開追查而已⋯⋯就在昨晚收到一個匿名男子的來電，叫我來這裡拍下每個路過的女生直至明早，對方是誰我並沒有理會，只知道他付了我的一筆可觀的委託費⋯⋯我當然立即答應，誰料到會遇上大哥你⋯⋯」

挾持者沒有理會私家偵探的誠懇態度，取走了他的相機，再問：「今晚所拍到的人，全在這裡頭？」

「是的！」私家偵探站直了身子答：「你看看這裡有多偏僻，整晚其實也只有三個女人走過⋯⋯我只拍了大概二十張照片，不信的話你看看。」

挾持者查看後，直接取出了相機的記憶卡。

「就當我是你的客戶，我買下這張記憶卡。」挾持者從褲袋裡取出一疊錢：「另外，以後不准再追查住在這裡的女人。」

粗略估計，這疊錢已是委託費的五倍以上。所以，私家偵探並不會與錢作對，加上生命免受威脅，當然即場答應：「是的，大哥！我以後都不會出現在這裡。」

「嗯。」挾持者沒有補充：「那你走吧，謹記一切保密，否則後果自負。」

私家偵探靈機一觸：「對了，大哥，若然我再收到匿名電話，不如通知你一下？」

或許又是另一筆可觀收入。

挾持者思考了數秒：「我有你的卡片，有需要我會找你。」

「好的，那我走了，多謝大哥惠顧。」

也對，身分保密的挾持者又怎麼會貿然留下聯絡資料呢？私家偵探終於能夠離開小巷，鬆了口氣。

全黑打扮的挾持者離開了後巷，在一處暗角觀察著葉忻的家。燈亮著了，他安心離去，騎著同樣是黑色的摩托車，疾馳穿梭於黑夜中。

他踏入家門前，收到一個來電。

「柳正鉉！怎麼現在才開手機。你想要的那幅畫，我買到了，四千美元成交。」

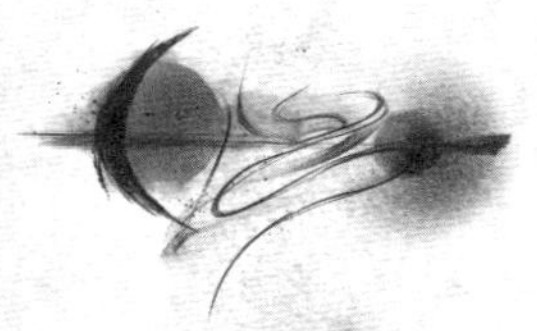

葉忻平安回到家裡。

一個狹小而凌亂的蝸居，在角落放著一個畫架和顏料。

雖然剛剛誤以為被跟蹤而擔憂了一會，仍穿著晚裝的葉忻躺在單人床上，心情愉快，致電好朋友祝悠嘉。兩人才分別不

久，互相詢問回家狀況，便直入正題。

葉忻：「真的不敢相信，第一次出售我的畫竟然能賣出四千美元！」

祝悠嘉：「對方還說如果妳再有其他畫的話，隨時聯絡他，願意高價收購。」

葉忻：「是妳畫廊的熟客嗎？」

祝悠嘉：「不，是個男的，但他只是個秘書，跟我說是幫一位住在美國的收藏家購買，除了妳的畫，他另外還買了好幾幅畫。或許覺得有升值潛力吧？」

葉忻：「美國喔……那很遠。」

祝悠嘉：「遠近又有甚麼影響呢？反正妳又不會露面跟對方聯絡。」

葉忻：「也對……那麼裙子明天還妳吧？」

祝悠嘉：「明天我們去慶祝一下，但裙子就送給妳吧，妳照鏡子看看今天這麼美，下次再穿吧。」

葉忻：「下次……應該沒有下次……」

此時，祝悠嘉那邊傳來小女孩的哭聲。兩人隨即有默契地知道要掛線。

祝悠嘉：「我等一下把錢轉給妳。」

葉忻：「嗯，不用急，妳先照顧圓圓吧。」

掛線後，葉忻站到鏡子前，凝望著十多年沒隆重打扮過的自己，對著鏡子自拍了幾張照片後，便換回恆常穿搭，就只是淨色的T恤配長布褲。

這樣的頹廢突顯了她可憐憂愁的氣質，眼睛空茫像無焦點，瞳孔深處卻有壓抑的熾熱與不甘，雖然總是木無表情，整個人充斥沉靜內斂的疲憊感，以及習慣性蜷縮肩背，生怕被人碰似的，但無可否定的是，就算是素顏時的葉忻，輪廓也無比精緻，非常漂亮。

葉忻今天破例打扮，是為了出席祝悠嘉第二間畫廊的開張派對。悠嘉建議她別穿得像平日般頹廢，那樣反而會更為突出，引來人人注視。結果，盡量避免與人交流的葉忻順利渡過整場派對，默默地觀察著別人評論她首次展覽出來的畫作。

「這幅畫看上去讓人很抑鬱。」

「不太適合掛在屋內做裝飾吧。」

「畫裡的世界好像地獄，令我很不安……」

都是一些不懂欣賞藝術的外行人。

葉忻的畫作一向擁有強烈的個人風格，她把內心的情緒全都宣洩在畫上，對她來說，世界的確是地獄，她活著就是為了贖罪。所以，她都沒把賓客們的竊竊私語放在心上，更沒想過會賣出畫作。

——登！

葉忻的手機響起，收到祝悠嘉轉帳四千美元的通知。

她高興得在床上輾轉，卻又不太敢笑出來。

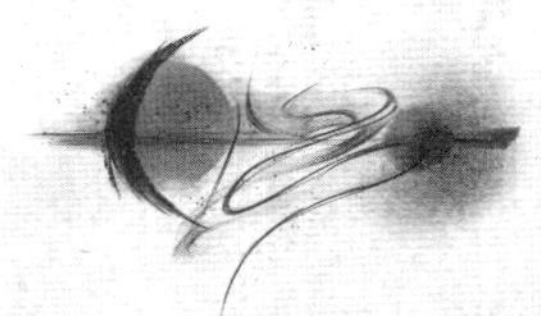

浴室的水龍頭灑出猛烈的溫水。

地上有一堆黑色衣物。

持續上升的霧氣中，挾持完私家偵探，完成當晚的監察後，柳正鉉已回到家，正在洗澡。渾厚的背肌上有幾道長疤。他撥起微捲的黑髮，那清純斯文的氣質與他剛才的行為有著反差。關上水龍頭後，他穿起浴袍，白布僅僅遮蓋著他的修長身軀。

「唔！？」

柳正鉉照著鏡子，清澈的雙目忽爾轉望向門。獨居的他聽到客廳傳來跌撞聲，隨即提高警覺，用手機關掉全屋的燈，束好浴袍便開門查看究竟。

柳正鉉以近乎無聲的腳步走到客廳，像預早判斷一樣，抬手擋下從後突襲的拳頭。幽暗的環境，柳正鉉只能以守代攻，但每次都準確地預測到對方的拳來腳往，毫無損傷，只是稍為喘著氣。當他又避過對方的勾拳時，找到反擊的時機，抓著對方的手扭向自己，並勒著對方的頸。

「投降！投降！」對方不慌不忙，以像跟朋友聊天的口吻說著。

柳正鉉嘴角微彎，放開了他，亮起全屋的燈。

「你又輸了，白在山。」

「我花了整晚幫你買畫，裝作藝術家般與人交流，還立即送過來給你，怎麼連半點情面也不給我！」

白在山指著擺放在門外的幾幅畫，臉色不悅。

他環顧著柳正鉉所住的大屋，又說：「你這裡空洞白茫，掛一些畫作裝飾點綴也好，但我真的搞不懂你的品味，每張畫作都風格不一，其中一張更抽象得像亂畫，反而你就付最多錢去買。」

「藝術無價。」柳正鉉冷道。

柳正鉉的家逾三千呎，全屋裝修以白色水磨石為主，客廳只有一張大飯桌及梳化，坐著時眼前是一個向海的露台。沒有電視機、也沒有任何娛樂設備。對柳正鉉來說，待在家裡的短暫時間，只會用作睡覺或思考。

「沒事的話，那我走了。」白在山像完成任務般，恭敬地說。

柳正鉉神情嚴肅的抬眼望他：「喝一杯？」

白在山點點頭，在公在私也不會拒絕。

在公事上，白在山是柳正鉉最能信任的助手；而私底下，兩人在美國讀大學時認識，在那段人在異鄉苦讀期間，更成為了室友。畢業後各自工作了好幾年，後來柳正鉉需要人手幫忙時，第一時間便想到了白在山。

「有心事？」白在山接過柳正鉉遞上的酒杯，試圖打探。

「純粹想喝。」

柳正鉉簡短地回答，像是要他多説幾句話也會要了他的命，而他總是板著臉，處於警戒狀態，身邊的人總是無法分清他的情緒，就連白在山也從沒見過他燦爛地笑一次。從前一起勝出籃球賽、出席狂歡派對、完成畢業論文，甚至順利畢業，他都風雨不改、不分四季、不分晝夜，任何時候都是一臉沉鬱。

柳正鉉真的只是在喝酒，令白在山也不敢問太多。

十分鐘後，柳正鉉終於再開口。

「今天的事謝謝你了。」

「小意思而已。」

「請你繼續幫我留意著這間畫廊，打聽更多資料，若然那個叫伊曼達的畫家再有新作便幫我購買，對方開價多少也沒問題。」

「知道。」白在山心想，他該不會喜歡上那個甜中帶媚，自帶無辜氣質的小鹿眼女老闆吧？話説回來，她叫甚麼名呢？

白在山從褲袋取出了卡片，解答心中的疑問。

「啊，對，祝悠嘉。」

他順勢問柳正鉉：「要把畫廊老闆的卡片留給你嗎？」

柳正鉉望一望：「不用了，另外，除了伊曼達的畫外，其餘的畫你都帶走或幫我扔掉吧。」

「欸？」白在山不自覺的悶哼，柳正鉉隨即瞪著他。

白在山若然再問下去，只會得到「若然首次見面就只買伊曼達的畫，目標未免太明顯。」的顯淺答案，表示著自己的無知。所以，他不問因由的回應：「明白。」

柳正鉉的家裡有三間房間，其中一間特別上了鎖。白在山在離開前瞄了瞄這間秘密房。

「走了，你好好休息，有甚麼事隨時再吩咐我。」

「嗯。」

柳正鉉待白在山離去後，立即將伊曼達的畫作放到秘密房間內。他解鎖後亮起房內的暗燈，雖然都是白色水磨石的設計，但瀰漫著慘白的氛圍，一張書桌、一張椅子、一部電腦，還有相機、打印機，以及……一幅貼滿照片的牆。

這幅牆猶如查案般分析著一個女生的外貌變化、日常生活、行蹤以及與身邊人的關係。

而這個女生，正是以「伊曼達」為筆名的葉忻。

柳正鉉列印出剛才從私家偵探手上「買」回來的照片，貼在牆上，觀察及思考了一會，便關燈離開。

這間大屋如常沉寂，一向難以入眠的柳正鉉躺在床上，輾轉了很久才讓腦海的思緒平靜下來。

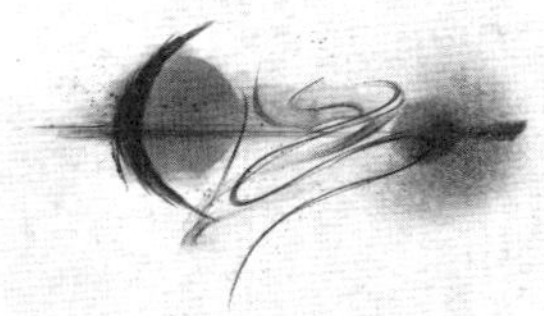

翌日，一棟矗立於鬧市的大樓裡。

員工們正在排隊，逐一通過保安檢查。一位首日上班的女員工對其他人突然停下腳步讓出一條路的舉動感到好奇。

女員工回身一望，難怪幾乎全部人都沉默起來。原來柳正鉉正從不遠處走近，身旁還有一位身型略胖的老人。大多數女性都禁不住凝視穿著西裝的柳正鉉，雖然他並沒有回望她們任何一個，至於男性則被胖老人的威嚴所震懾。

胖老人正是這間「三良企業」的大老闆，笑容看似和藹可親，普通員工稱呼他柳大老闆，較為相熟的會叫他做「胖爹」。

「早晨，柳大老闆。」

胖爹與柳正鉉跟保安點點頭，便直接通過檢查走到電梯處。

電梯裡，兩人都沒說太多話，他們的習慣是在辦公室以外都保持沉默，因為各處都安裝了監視及監聽的設備。雖然他們貴為公司老闆及高層，但也要避免對話內容外洩。

胖爹的辦公室在頂層，而柳正鉉的則在下一層。

「你跟我上來。」胖爹吩咐道。

處於一層層的從屬關係，柳正鉉只會聽命的回答一聲「嗯」，就如白在山對他的態度一樣。

電梯門打開，全層都是胖爹的辦公室，擺放著各式各樣的古董擺設，每日都有清潔工人打掃得如新裝潢一樣整潔無塵。

「幫我倒杯威士忌。」胖爹說。

「別喝太多吧，對身體不好。」

處於這裡，兩人的臉色明顯寬容起來，情同父子般相處著。

「半杯吧。」胖爹笑著堅持：「喝著酒才有心機聊重要事，你考慮成怎樣？」

「我沒興趣。」柳正鉉倒了半杯酒給胖爹。

「但除了你以外，還有誰值得我信任？難道你要我把整盤生意交給柳明俊嗎？」

胖爹的要求令柳正鉉最近處於深思熟慮的高壓狀態。他口中的整盤生意不限於這棟大廈以內的各種商業運作，還包括其他不合法的勾當。在正當生意上，三良企業是城中的上市集團，但在坊間，基本上人人都知道，這集團實為黑幫組織「三良幫」靠不法資金起家。對外界笑容滿臉的胖爹，就是「三良

幫」的最高領導人。

組織本來由三兄弟打理，但其中兩人多年前已經離世，令組織崛起及發達，全是胖爹的功勞。

胖爹見柳正鉉喝酒不作聲，補充一句：「這幾年全靠你替我們管理資金，才可以發展得這麼有聲有色，相信其他股東也不會反對你就是最佳人選。」

「所以，我繼續專心處理現在的工作就夠。」柳正鉉回答。

胖爹也深明暫時無法強迫柳正鉉，畢竟他早就要求過只會打理正規生意，最多不過問資金從何而來，只負責清洗黑錢。但要他管理整個家族的黑幫組織，接任黑幫老大，實在令他難以接受，並非他想過的人生。所以就算胖爹已經年紀老邁、惡病纏身、仇敵眾多，柳正鉉都態度堅決，毫不動情。

「時間會替你決定。」胖爹總結一句，也不作糾纏：「偶爾上來陪我喝杯酒，總可以吧？」

「嗯，你準時吃藥。」說畢，柳正鉉轉身離開。

胖爹望著他的背影，既不甘又不忿，只怪自己的大兒子柳明俊平庸無能，不招惹麻煩已經謝天謝地。

柳正鉉回到辦公室，在處理公務前，看到一則新聞報道，面露驚訝。

【私家偵探伏屍後巷 兇殘命案震驚全城！】

第二章 /
紅油命案

柳正鉉看到案發現場的照片，認出那是曾經挾持私家偵探的後巷，拿出卡片對比死者身分後，更確定就是當晚所遇見的他。

「是的，大哥！我以後都不會出現在這裡。」

「大哥，若然我再收到匿名電話，不如再通知你？」

「好的，那我走了，多謝大哥惠顧。」

他恭敬的態度及語氣，隨即重現於柳正鉉的腦海。明明望著他離開，怎麼會突然死了……

私家偵探的屍體在清晨被清潔工人發現，警方到場後立即封鎖現場戒備，案情似乎嚴重。對於這宗命案，另外幾間報社的標題描述得較為具體：

【偵探之死染紅暗巷 屍體遭淋紅油棄置】

【黑幫式處決？私家偵探全身淋紅油斃命後巷】

【獨家直擊！偵探變『紅人』！後巷驚慄紅油屍案】

私家偵探遇害後，還被兇手以紅油淋遍全身。雖然報道上

形容為黑幫仇殺，但身處黑道多年的柳正鉉清楚明白，市內並沒有任何幫派會以這種獨有方式殺人，更加不是甚麼奇怪的報復儀式。

一向冷靜的柳正鉉愈是思考，臉色就愈恐慌。

「這宗命案明顯是種警示。」

對方想警醒的人只有三個可能性：一是比較沒影響的，是私家偵探的仇家；二是較為棘手，是柳正鉉惹上暫時未知的麻煩；三則是最嚴重亦最讓人擔心，對方的真正目標是葉忻。

根據監察葉忻多年的經驗，再加上私家偵探的殘暴死法，柳正鉉心底有著強烈的預感……

「來者是衝著葉忻而來，而且還目睹我挾持私家偵探的過程。」

即是，兇手在昨夜已經存在。若然形容柳正鉉一直處身於黑暗行事，那麼對方便是活於無盡的深淵裡。柳正鉉一直隱藏行蹤以為擁有主動權，卻突然變成被動的一方。無論兇手是誰，都絕對是一大威脅。

「要盡早找出他的身分及動機，但我只能獨自調查。」

儘管他的員工及助手眾多，但他對葉忻的關注一向保密，就連最能夠信任的白在山亦只能間接地幫忙。但沒關係，他已習慣獨自行事。

處理完一些日常工作後，柳正鉉便離開辦公室，前往案發現場探索。

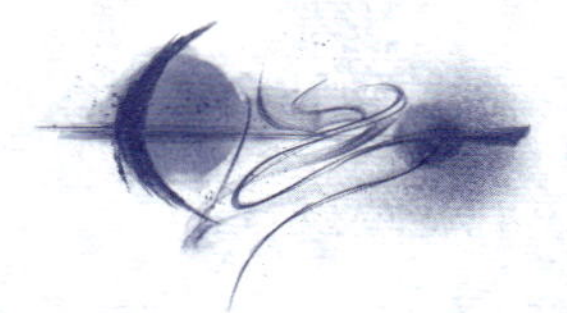

葉忻的生活同樣獨來獨往、我行我素。

正午十二時，葉忻的蝸居仍是漆黑一片，密閉得沒滲進半點光。

要不是約了祝悠嘉慶功，慣性失眠的葉忻通常會睡到下午，但她不會賴床，甚至會在鬧鐘響起前醒來，反正也睡不著。長期的倦意並沒有影響她的生活，最多是看上去黑眼圈較為明顯，對二十六歲的她來說，還勉強可以靠顏值彌補。

葉忻起床後，拉開窗簾，傳了一個訊息給祝悠嘉。

【我起床了，妳到附近就再告訴我吧。】

不像祝悠嘉出門總要悉心打扮，驚艷奪目，葉忻換上黑色T恤及軍綠色長褲後就準備好素顏出門。預計祝悠嘉通常會遲到一小時，葉忻打開手提電腦，善用時間完成海報設計的草稿。她是個自由工作者，承接一些與美術相關的繪畫或設計工作，但由於她沒有修讀過藝術創作的學位，老闆們通常會因此而壓低價錢，對於生活拮据的葉忻來說，迫於無奈也需要接受。

她隨手拿起一包梳打餅，一邊吃著一邊細閱客戶突然傳來的新要求，沒半點埋怨的專注地逐一修改。大概五十分鐘後，收到祝悠嘉快要來到的訊息，便合上手提電腦，伸了個懶腰後戴上口罩出門。

「進度還不錯，回來後應該能夠完成。」

太用神工作後，視線有點模糊的葉忻格外小心地步下一級級樓梯，從最頂層走到最低層。甫踏出日久失修的大廈，便留意到不遠處站著一大群人、大量警員，還有數輛警車正封鎖現場。

完全不留意新聞的葉忻並不知道後巷發生了兇案，即使社交媒體上瘋傳這單命案，但葉忻從來不用任何社交平台，手機只安裝了通訊軟件用來聯絡祝悠嘉及工作上的老闆們。她像活在一個被封鎖的國度，盡量不問世事，也不與任何人有交集。

毫不八卦的葉忻刻意迴避人群，低著頭繞了一大段路才抵達與祝悠嘉相約的慶功地點。

一間舊冰室內，只有幾個阿伯在喝奶茶。

葉忻沒望過收銀阿姨一眼，直行直過走到冰室上層最角落的位置。

沒想到遲到的反而是葉忻，坐在祝悠嘉旁邊、年約六歲的小女孩圓圓先看到葉忻，可愛活潑的揮著手。

「姨媽！」留著一字齊瀏海的圓圓打招呼。

「圓圓妳也來了。」葉忻摸摸她的圓臉便坐下。

正在自拍的祝悠嘉放下手機，回應：「傭人病了，我便帶她跟我一起。」

葉忻聽後只懂點點頭。狹窄的座位令祝悠嘉坐得不自在，望著餐牌道：「說好要跟妳去慶功，還是要來這裡，難道妳吃不厭嗎？」

「妳知道的，我不會去其他餐廳。」葉忻說。

「明明錢不是問題，有我請客。」

「對啊，不是錢的問題，這妳也知道。」葉忻轉向圓圓再問：「圓圓妳想吃甚麼？」

「我也不懂妳要委屈自己到甚麼時候。」祝悠嘉語帶不滿：「難得我成功幫妳賣出了畫，這是個讓妳改變生活的好開始。」

「妳要 B 餐是嘛？」葉忻問圓圓，圓圓笑著點頭。

葉忻揚手示意，侍應過來替她下單，選了三個午餐。

「另外再要多一份西多士及紅豆冰，謝謝。」葉忻向侍應補充。此時，祝悠嘉像回憶著甚麼，眼光直直地看著葉忻。

侍應走後，葉忻同樣抬眼望著祝悠嘉：「要慶功的話，這就夠了，是嘛？」

祝悠嘉這次沒有反駁。西多士及紅豆冰是兩人還在讀小學時，每逢週五會湊合零用錢去餐廳慶祝又平安渡過一個星期。

直至長相較甜美可愛，又懂得哄大人的祝悠嘉被領養離開孤兒院後，兩人由每天相對變成幾個月才見一面，後來更是一年只見一次。不過在她們成年以後，同居了一段日子，直至祝悠嘉認識到年紀老邁的富商丈夫，葉忻便獨自生活。兩人感情好得早已視對方為親生姊妹，就連祝悠嘉的女兒圓圓也稱呼葉忻做姨媽。

西多士及紅豆冰放在枱中央，像提示著祝悠嘉關於葉忻的過去，稍為緩和了剛才差點吵架的氛圍。葉忻將西多士切成幾塊。

「媽媽，我也可以吃嗎？」圓圓用叉子指著西多士問，期待著批准。

但祝悠嘉像被嚇了一下，立即著緊地說：「跟妳說過只能在家裡時才可以叫我做媽媽嘛！」

圓圓隨即改口：「姑姐……我……」

祝悠嘉沒等圓圓說完，生怕她說多錯多，便立即將一塊西多士放到她的碗裡。擔心再被責罵的圓圓聽話地吃著，觀看手機上的卡通影片，沒再打擾大人談話。

祝悠嘉的富商丈夫在前年離世，留下一筆足夠兩母女衣食無憂的遺產。對愛情還有所憧憬的祝悠嘉，討厭生活被女兒羈絆，當初生下圓圓也是因為富商丈夫的意願。明明自己成長於孤兒院，卻讓女兒活得像個孤兒。這是葉忻對好姊妹最難以容忍之處，但最親密的人並不代表完美，就像她自己也有讓人難以理解的生活方式，所以不會隨意批評他人。畢竟每個人都有自私的一面。

但祝悠嘉對葉忻的關顧，並不只限於幾句問候或請她吃頓飯，而是當富商丈夫出錢讓祝悠嘉經營一些小生意打發時間時，她二話不說便提出要開畫廊，由零開始學習舉辦展覽與拍賣藝術品的運作，憑著圓滑的交際手腕、勤奮上進的學習態度，以及丈夫的金錢支持，成功在藝術界打出名堂。

最終目的，就是希望讓葉忻所畫的畫有被賞識的機會。

「總之妳這次走運了。」祝悠嘉又把話題拉回畫廊生意上：「呃……是伊曼達走運才對。只要妳繼續畫，對方就會繼續買，但難以估計這些有錢人何時又會轉換品味，妳快點爭取機會吧，別再做那些錢少得可憐的海報設計工作了。話說回來，我也覺得妳所改的名字挺好聽的，伊曼達。好像比妳的本名更好……」

祝悠嘉說著最後一句時，心底裡為葉忻的過去而慨嘆。

「我會努力的。」葉忻：「反正我的人生就只剩下畫畫，但已經很足夠了。」

嘴角黏著糖漿的圓圓也將視線由手機移到葉忻的臉上，突然插嘴：「姨媽，妳還有圓圓。」

祝悠嘉替圓圓抹嘴，眼神閃過半點愧疚，再說：「我也會替妳賣出好價錢的，這方面就交給我吧。」

葉忻問道：「欸！畫廊不是下午一時開門嗎？妳還一臉悠閒的坐在這裡……」

祝悠嘉像孩子般吃著紅豆，懶洋洋地回應：「沒有舉辦展覽的話，這段時間都沒有人會過來畫廊的，坐在那裡跟坐在這裡都沒所謂吧。」

她說錯了，就在畫廊外面，穿著整齊西裝的白在山正耐心地等待著。他在十二時五十分已提早到達。

用餐完畢，當葉忻結帳時，收銀阿姨叮囑著她：「阿妹妳最近別太晚回家，附近發生了一宗命案，殺人不特止，還要用紅油淋遍全身，真是可怕！」

「嗯，謝謝阿姨提醒。」

葉忻接過零錢後踏出冰室，本來神情凝重，但閉上眼睛後深吸了口氣，便像甚麼都沒聽過一樣，也不理甚麼殺人命案，低著頭走回家。

「欸？」

前方的腳步引起了葉忻的警覺。

一個男人迎面而來，雖然未看清樣貌，但單靠身材都有讓人注視的魅力。

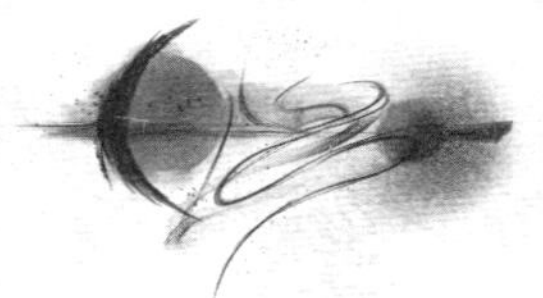

大約一小時前，當葉忻與祝悠嘉在冰室慶功時，柳正鉉抵達案發現場附近。

「好像沒試過在日間過來。」

柳正鉉對葉忻的秘密監視通常都在晚上，畢竟在日出與日落之間，基本上沒甚麼意外會發生在葉忻身上，她通常會留在家裡工作。白晝之下也比較容易行蹤敗露，要不是現況危急，他此刻絕不會出現於這條街道上。

發生命案的後巷比預計中人多，而且警戒深嚴，柳正鉉在警察們的眼中也是個知名人士，一個能夠逃避法律責任的黑幫罪犯。要是他平白無故地出現，相信最愚笨的警察也猜想到事情與他或三良幫有關，況且他真的挾持過死者⋯⋯

「哼⋯⋯」

望著人來人往的街道，柳正鉉感到納悶，有種被陷害的感覺。

「人明明不是我殺的，我卻要像犯了法般躲避⋯⋯」

回復冷靜，經過深思熟慮後，柳正鉉決定轉去其他地方調查。他來到葉忻的住所附近，如果她拉開了窗簾，就代表她在

家裡工作，但此刻窗簾拉上，即是她正外出吃飯或買東西。在柳正鉉家裡的秘密房間內貼滿葉忻的行程，加上以他對葉忻的了解，也不難猜出她正在做甚麼。

「大概是去了跟祝悠嘉見面吧。」

柳正鉉像個保安人員般，由地下巡上天台，查看著葉忻所住的大廈有否異樣。就有好幾次，葉忻一時大意，將印有地址及聯絡資料的包裹紙箱掉在大廈的垃圾收集處，要是給那些正在追查葉忻行蹤的人拾到，必然又再引起公眾關注。

又有一次，有個毒漢躺在樓梯，柳正鉉在葉忻出門前將毒漢趕走。幸好，這天並沒發生以上情況，只是整棟大廈幽暗得猶如黑夜，夏日也傳來陣陣陰風。

「似乎並無異樣。」

就在柳正鉉安心離開之際，最上層竟傳來聲音，彷彿有身影掠過。最頂層是一梯兩伙，而葉忻對面的單位已空置多年。柳正鉉立即衝上去，環顧四周，卻甚麼人都見不到，一片死寂。

實在沒理由看錯，他也留意到地上有少量不尋常的泥沙，但在這個狹小的地方並沒有躲藏的空間，讓他只能帶著疑惑轉身離開。本想再逗留多一會，但查看手錶，葉忻應該快回來了，要是他在這裡被碰見，那麼可疑的人反而是他。

踏出大廈，柳正鉉隨即看到葉忻從不遠處走近，他故作鎮定的走著。

但葉忻望了他數秒。

葉忻並不是被他的外表所吸引，而是住在這裡的人本來就不多，所以她都有大概印象。這個男人絕對是陌生臉孔。

葉忻也裝作沒事，繼續走著，與男人愈來愈近。

就在兩人身影近乎重疊的一刻，拼命叫自己不要抬眼的柳正鉉，始終忍不住近距離地望了葉忻一眼。

這是他十年來與葉忻最親近的一刻。

兩人的心神也放在對方身上，卻沒留意到此刻理應沒人的葉忻家裡——窗簾正緩緩地被打開。

但是，葉忻一級一級步上樓梯，沿路沒遇見任何人，打開門後，家裡的模樣與她出門時沒分別，對她來說，這是理所當然的。

窗外的藍天白雲，為葉忻帶來半點朝氣，繼續完成她出門前所做的設計工作。

但她的腦裡浮現出剛才的男性背影，心想：「*平常這裡只有醉漢或老人經過，怎麼會有個斯文好看的男生？*」

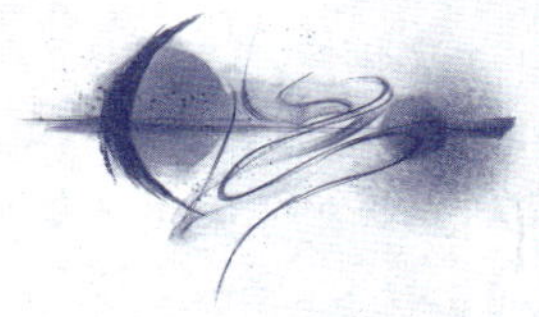

祝悠嘉的「悠境畫廊」門外。

一輛計程車駛近並停下，車門打開後，祝悠嘉牽著圓圓邁開步伐走出來。

雖然她為女兒付出的母愛遠不及愛自己，但在物質上總讓圓圓吃最好穿最貴。唯獨在她與圓圓之間，總存在一幅發放負能量的無形高牆。

任憑她本來信誓旦旦要做個好媽媽，但女兒誕生後，才發現缺乏家庭溫暖的自己，根本不懂得怎樣去愛一個小孩，只覺得生活上多了一把枷鎖，心情愈來愈糟糕，痛恨自己成為了小時候最討厭的大人——那些糟蹋生命的父母。

祝悠嘉彎身蹲下來，一手取出鎖匙開門，一手緊牽圓圓。但圓圓手中的娃娃掉到地上，卻因為被拉扯著而無法彎身執拾。當圓圓焦急得差點喊出「媽媽」二字之前，一雙溫暖厚實的手闖進小孩的視線，代替她拾起娃娃，並放到她的手裡。

「謝謝哥哥。」圓圓有禮貌地笑著說，引起了祝悠嘉的關注。

蹲著扭開門鎖的祝悠嘉抬頭一望，視線水平與小女孩一樣，同樣看到一名架著眼鏡，穿著西裝、斯文溫馴的俊俏臉孔。她對這張臉頗有印象，除了外表是她所喜歡的，還因為他忠誠而又有禮貌的溫柔聲線。

「呃……你是……」祝悠嘉一時想不起他的名字，只記得他的姓氏很特別，苦惱得讓她差點就失去平衡。

男子伸出了手扶起她，自我介紹：「白在山。昨晚我們見過的。」

白在山溫暖的微笑，讓一向滿臉自信的祝悠嘉楞住，忘記表情管理。她在這刻所呼吸到的空氣裡，環境頓時變得鳥語花香，廢土之上也能開出粉紅玫瑰。相信就連小女孩也看得出祝悠嘉為眼前的男人而沉醉。

明明兩人互相注視只有數秒，卻在對方的心裡停留了半個世紀。

白在山的天然呆只在表面，內裡感情細膩敏銳，當然感受到祝悠嘉藏不住的愉悅，他也大方直接地正面回應，沒有躲避對方的眼神，反而踏前了一步，拉近雙方的距離。

對方的反應正合他心意。

祝悠嘉，是他打算調查的目標之一。

「突然到訪不好意思，方便跟妳聊一聊嗎？」白在山又再溫暖地笑著。

祝悠嘉終於回過神來，先收起曖昧表情，接著大方得體地答：「進來再慢慢說吧。」

第三章／
憂鬱藍玫瑰

悠境畫廊的面積並不算大，就只有三面掛上畫作的白牆，正中央擺放著配合當期主題的展品。追求有格調的簡約設計，並不會讓人眼花撩亂，能夠安靜舒適的置身於藝術之中。

還有一間會客室。

「白先生，抱歉，我這裡只有紅酒。」祝悠嘉笑著說：「昨天派對喝剩的。還是你想喝水？我可以去旁邊的便利店買。」

「別勞煩妳了，喝點酒也不錯。」

祝悠嘉倒酒期間，白在山把視線放在會客室外的圓圓，她正獨自坐在一旁專心畫畫。

「她很可愛，是妳的女兒嗎？」白在山直接地問。

祝悠嘉把紅酒遞向他，不慌不忙的，像習慣一樣自然地答：「喔，是我外甥女啦，我也想有個這麼可愛的女兒。」

祝悠嘉坐在白在山對面，兩人乾杯後便繼續聊起來。

「白先生你突然過來是有甚麼事嗎？」

白在山放下酒杯，坐直了身子，表情嚴肅地答：「是這樣的，昨天我幫老闆購買的畫作，他都很喜歡，尤其是伊曼達所畫的，正如我跟妳説過的那樣。只是他見到實物後，心急得立即叫我再過來查問伊曼達有否其他畫作，還擔心昨晚人太多，怕妳以為是客套説話，所以想我當面再跟妳商討多次，他願意出高價購買。」

好朋友的畫作受到賞識，祝悠嘉展露出滿足的笑容。

「請替我跟你的老闆表達謝意，他的眼光不錯。」祝悠嘉思考了數秒該怎麼解釋：「不過伊曼達是我發掘的新晉畫家，出售的就只有昨晚你所買的那幅畫，但我知道她正在努力當中，即將有新畫作，到時我一定立即通知你。」

「明白，真是可惜，但值得等待的。」白在山再問：「聽上去，祝小姐妳跟伊曼達算相熟嗎？能否分享一下這位畫家是個怎樣的人？好讓我能跟老闆交代。」

這條問題讓祝悠嘉陷入兩難。但凡有關葉忻的一切都要保密，但又怕得失這位心儀的男人，扼殺發展機會。在愛情與友情之中，祝悠嘉還是保持理性。

「相信白先生你是個明白事理的人，藝術家有他們的脾氣，伊曼達比較低調，所以只會匿名發佈作品，也不願意接觸任何人，就連我也很少跟她聯絡。有關她的資料，恐怕我要保密，否則就會對不起她對我的信任。萬一她以後不再為我供畫，那就是三輸的局面。」

「理解的，正如我老闆亦只會透過我買畫。」

幸好，白在山也識趣的沒堅持再問，令祝悠嘉鬆一口氣。

「放心吧，她的畫作只會經由我獨家出售，而我會預留給你們。」

「那麼⋯⋯」

祝悠嘉以為白在山準備離開，但他竟然說出讓人驚喜的話：「平日有空的話，可以約妳吃飯嗎？」

「那要視乎我是否白先生你獨家所約的人。」祝悠嘉不忌諱地說：「譬如我只是第四十九個，要輪候一段時間才到我的話，那就別浪費大家時間了。」

白在山忍不住笑，左臉頰的酒窩一閃而過。

「想不到妳的佔有慾這麼強烈。」白在山再答：「妳當然是第一位，但若然妳想多帶一位也可以，我很喜歡跟小朋友相處。」

白在山指著仍在畫畫的圓圓。他的舉動明明是一番好意，祝悠嘉卻一臉尷尬。

「嗯，要是我外甥女有空的話，她也很忙的。」

「那麼我再聯絡妳吧。」簡單幾句道別後，白在山便踏出悠境畫廊。

他收起了剛才的笑容，眉頭深鎖。

「這個女人，每次撒謊就會撥弄頭髮，第一次是將女兒說成外甥女，第二次是說跟伊曼達很少聯絡，第三次是說會帶『外甥女』跟我吃飯。」

短暫的相處，足以讓白在山觀察到對方的小習慣。就在柳正鉉吩咐他出席悠境畫廊的開幕派對、向祝悠嘉買畫時，白在山早已調查過她，得知她與富商丈夫育有一女。以祝悠嘉的能力，是無法與一個徘徊於法律與罪惡之間的人相比。

「伊曼達絕對是她相熟的人。」

調查伊曼達身分一事出於白在山自己的意願。他知道那是百分百掌握柳正鉉一切的關鍵人物。多年來待在他的身邊等候，終於找到或許能讓他完成任務的契機。

他看看手錶，現在是洛杉磯的晚上，便致電才剛剛移居海外的父母，還被父母輪流叮囑了幾句。

「哎，你要注意健康，別太操勞。」

「小心安全。」

「真搞不懂你現在做甚麼。」

白在山低頭苦笑：「放心吧，我沒事，你們生活得習慣就好，我完成工作便過來探望你們。」

掛線後，他眼神變得銳利。

「至少確保了父母安全。」

他回望著悠境畫廊，圓圓也察覺了他，抬頭笑著，兩人互相揮了揮手。

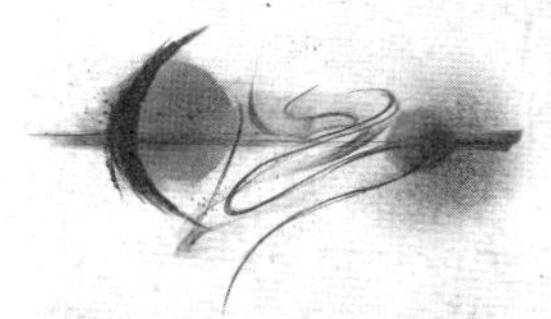

「葉忻！妳聽我說，我遇到讓我真正心動的男人了！」

白在山走後，祝悠嘉急不及待立即致電葉忻。

「怎麼了？又是誰？」葉忻本來正在拼命工作，但還是專心聽著好朋友報喜，順道伸個懶腰，讓眼睛離開螢幕稍作休息。

「高價買妳畫作的人。」

「欸？妳是專挑老人下手嗎？」葉忻笑說。

「才不是！不是那位年老的收藏家，而是他的助手，叫白在山。」祝悠嘉解釋：「他剛剛又來過畫廊。」

「為了見妳嗎？這麼痴纏……你們真是天作之合。」

「也許是吧。但他過來主要是想肯定一下我會將妳的畫作賣給他們，看來令他們著了迷的是妳的畫。」

「這麼奇怪……」

葉忻的個性是，一旦有人關注自己，就會預設對方心懷不軌，覺得要格外小心。她著緊地問：「妳沒有將我的事告訴那個……白甚麼嘛？」

「白在山！」祝悠嘉嘴角含春地回應：「當然沒有，在妳眼中我是那麼愛情至上嗎？」

「是……」葉忻喝了杯水：「倒是妳該打探對方是甚麼人，有那個收藏家的名字嗎？」

「沒有耶！他們都用現金買畫，我也沒過問太多，有錢收就好了。既然自己甚麼都不能說，八卦別人的事也不太尊重。」

「也是……」

「我之後還會跟白在山見面，他會約我吃飯，到時我看看能夠問到甚麼。」

「嗯，嗯，是的，在床上最容易開口。」

「……掛線了，拜託妳盡快畫畫吧。」

「知道了！知道了！藝術這回事急不來！」

雖然兩人經常在言語上針鋒相對，但感情好得猶如共享著生命，凡事以對方的生活幸福為依歸。

「到底是甚麼人會這麼喜歡我的畫呢……」

是福是禍，葉忻都是隨遇而安，大多時候她甚至覺得活著純粹是贖罪，壓抑著任何慾望。當好朋友已經談過多次戀愛，她卻連想也不願去想。

走每步路都要營營役役的人生，跟等待死亡來到沒分別。

「今天算過得不錯了，至少還活著嘛。」

葉忻在家徒四壁的家裡開解完自己後，走到了畫架旁邊，檢視著一堆未畫好的草稿。

「畫哪一幅好呢……」

沉思了一會，她最後選了個比較有信心的構思，別人喜歡與否沒關係，但藍玫瑰是她最愛的花。

草圖被放到畫架上。

亂中有序的線條裡，正中央有朵藍玫瑰。

有了方向，但未能開始作畫，還要完成那些煩人的工作。手機震動，客戶又傳來新要求。

「好吧……加油！」

葉忻握著手寫筆在繪圖板上快速滑動，視線沒離開過電腦屏幕一眼。

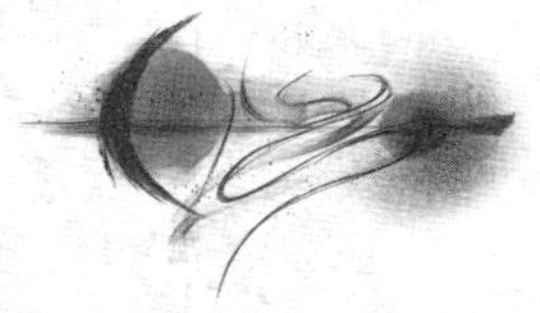

同樣盯著電腦屏幕的人，還有柳正鉉。

花了大半天，也得不到關於那宗命案的線索，讓他苦惱不堪。此時，白在山回到辦公室，察覺到柳正鉉正眉頭深鎖，連招呼也不打一聲。

當白在山以沉穩的腳步走近時，柳正鉉才抬頭開口說：「下午了你才回來。」

面對著柳正鉉，就算兩人在讀書時期的交情有多好，但在公事上他們還是有著上下階級之別，況且對於沒法百分百掌握的人，白在山還得小心翼翼。

「是的，很抱歉，昨晚在派對上喝太多酒，今早有點頭痛。」白在山回應：「所以睡過頭了。你呢？一大清早就工作到現在？」

「對。」柳正鉉肯定的答。

儘管兩人口中都是謊話，卻看不出任何露餡的神情，互相確信大家所言。

「最近有甚麼要留意的消息？」柳正鉉一邊簽文件一邊轉移話題，假如線眼眾多的白在山剛巧也聽到關於命案的資料就最好不過。

白在山卻面有難色的吐出了一個名字：「柳明俊。」

胖爹的親兒子。他在三良幫的地位本應在柳、白二人之上，但資質愚笨加上心懷不軌，卑劣的人格使他被胖爹放棄，過著荒淫無道的富二代生活。

「柳明俊？」這個久沒出現的人物，勾起柳正鉉的好奇心，停下手邊的工作，專心聽著白在山說述。

「線人告訴我，柳明俊與其他幫派的人經常來往，像密謀著甚麼計劃。」

「知道他們見面時是做甚麼嗎？」柳正鉉再問。

「就是在私人會所舉辦性愛派對，招待不同界別的人。」

「那不用在意，這個人就只懂享樂，做不出甚麼事來。」

柳正鉉安心起來，但白在山仍補充一句：「放心，我會叫人繼續留意著他。」

由兩人一碰面開始，嚴肅的氣氛就維持了一段時間，讓大家都吃不消，所以白在山提議：「去吃飯嗎？」

已是下午時分，但他們早上都各有事辦，完全沒吃過東西，所以略感肚餓的柳正鉉點頭同意，站了起來穿著西裝外套。

兩人在公司大堂走著，柳正鉉比較高但身型鋼條修長，表情也較為嚴肅，而白在山則較為健碩，與那張斯文溫馴的臉孔有著反差。

每位路過的女員工，光是注視著兩人吸引的外表就已經心花怒放。

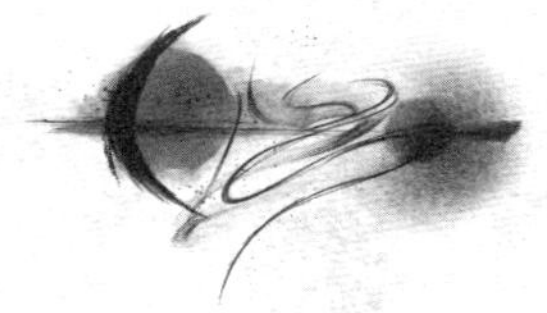

「真搞不懂你為何要殺死一個私家偵探。」

煙霧彌漫、不分晝夜、滿枱酒精與毒品的私人會所內，一個迷迷糊糊的男子說道。

「先說清楚，人命這麼渺小，花點錢就能吩咐小混混去殺，我又怎麼會親自動手呢？」

這句沒人性的說話，出自人群之中坐姿囂張跋扈、面目可憎、穿金戴銀、身型卻猶如發育不良的小孩子，名叫柳明俊的黑道富二代口中。

在瘦削的柳明俊身後，卻站著一個體型龐大得像相撲手、兇神惡煞的跟班「怪力」，聽說能夠一拳轟爆別人的腦袋。

剛才說話的男人又問：「看來柳明俊你並不如外界形容般無能，說你甚麼……家族毒瘤。」

「嘖！」柳明俊氣憤得將酒杯扔到一角，碎片差點擊傷陪酒小姐。

柳明俊得威的續說：「你知道嗎，在我手下就有幾百名小混混任我吩咐，我要他們做甚麼就做甚麼。」

的確，畢竟是黑道會長之子，還是有一點實權，那些小混混是負責替三良幫追債、泊車以及充斥場面時所用，都是一些染有毒癮或惡疾的廢人，看上去全部都像喪屍。

與柳明俊醉著對話的男人叫洪一明，同樣是無能黑道富二代，家族「清洪幫」掌控亞洲金三角販毒地區的營運。這個私人會所裡的毒品，就是由洪一明提供。

「你想知道我為甚麼要殺掉私家偵探嗎？」柳明俊問他。

沒等洪一明回答，柳明俊便用力的將枱上的東西全都掃清，地上一片凌亂。

他從口袋中取出一包東西，扔到枱上說：「你試試看。」

洪一明拿起那包藍色的東西，望了幾眼便嫌棄地答：「迷暈丸嗎？我吃來幹嘛！要吃都讓她們吃。」

洪一明隨手抓住旁邊的女生，迫她吃了一粒。

柳明俊冷笑，等了一會再說：「你看看她吧。」

女生左搖右擺，眼神迷茫卻一直傻笑，腦袋裡感受到前所未有的愉悅。

「這是我最新研發的藥物。」柳明俊自信地答：「相信比起你們在市場上販賣的任何毒品都更令人上癮，有種試一粒嗎？」

自小沉溺毒品的柳明俊往自己嘴裡扔進一粒藍藥丸。

這麼多年來，三良幫的戒條是就算殺人放火、包娼包賭、走私軍火⋯⋯也絕不販毒，更何況從良之後，胖爹注重生意上的名聲，極力洗白，萬一與毒品扯上關係，會嚴重影響公司形象。這是他果斷放棄親生兒子的原因。

柳明俊卻明知不可為而為之，打算在毒品市場摻一腳，只是欠缺人脈，所以才相約洪一明商討。靠著販毒所得的名利，就算不靠父蔭，柳明俊都能闖出一片天，證明自己的能力。

經常親身試毒的洪一明並不膽怯，也吞下一粒晶瑩剔透的藍藥丸。

不消一會，世界天旋地轉，猶如置身天堂般的極樂快感傳遍兩人全身。

「這是甚麼⋯⋯我從來沒嚐過。」洪一明為之震驚，大感滿意：「你能弄多少？」

「要多少就有多少。」柳明俊答：「利潤跟你五五對分，算很公平吧。」

洪一明猶豫著：「但我們惹不起你的家族。」

「別提那個臭老頭了。」柳明俊內心明明激動又慨憤，但受藍藥丸影響，臉上掛著詭異的笑容：「整天講甚麼血脈傳承，待親兒子卻不如那個孽種。」

「你指柳正鉉？他也是我們合作的一大阻礙。」洪一明表情膽怯：「他一定會極力阻撓你的。」

一

柳明俊像被觸碰到爆點，暴怒得從跟班「怪力」的腰間掏出一把手槍，激動地喊：「你這個人真是懦弱！誰阻撓我，就朝他的腦袋轟一槍吧！」

「你……小心點吧，別走火啊……」洪一明擔心握著手槍的柳明俊失控，但柳明俊卻不加理會。

「嘻！嘻！」柳明俊瞄準在場的每個人，裝作要開槍的模樣，癲癲喪喪。

——嘭。

一聲巨響，全場人蹲下來，尖叫聲不斷。

過了一會，柳明俊從煙霧之中站了出來：「有誰死了嗎？請說一聲。」

眾人查看著旁邊的人，似乎誰也沒受傷，「怪力」望到子彈射到牆上，不說一聲的用手指把子彈拔出來，放到柳明俊手中。

「哦。」柳明俊得知沒事發生，終於把槍放在枱上，大叫：「對不起，大家……繼續喝酒吧！」

驚魂未定的洪一明嘆了口氣，跟柳明俊道別：「這檔事就別預我了，我沒柳大哥你那麼雄心壯志，每日喝喝酒玩女人我就心足，人生苦短啊……就當我懦弱吧，但我叔叔或許會有興趣，我帶一些給他嚐嚐好嗎？我會叫他聯絡你。」

「隨便。」柳明俊懶理，待洪一明走後罵了句垃圾。

他點燃著香煙，暗暗自忖：「也好，洪一明的叔叔跟我們三良幫有過節，應該會幫我剷除那個孽種。柳正鉉，你的死期將至了。」

電話響起。

「滾開！」

柳明俊立即推開身邊的女人，一臉認真的按下接聽鍵。

「喂？人我幫你殺了，新一批藍藥丸你準備好了嗎？」

聽筒另一邊的聲音經過變聲處理。

「如果你再想要藥丸的話，替我殺下一個人。」

第四章／
樓梯間的男子

「她又工作到深夜。」

全黑打扮的柳正鉉又躲在暗角監察著。

這夜並沒有任何異樣，他待葉忻關上窗簾準備睡覺後，便安心的駕車離開，不消一會便抵達家族專屬的停車場。雖然裡頭停泊著不同型號的名貴跑車，但柳正鉉最常啟動的，卻是這輛陪伴他穿梭於黑夜的摩托車。

紅油命案之後的幾天，就再沒有同類案件發生。外界本來斷定私家偵探的死純屬個別事件，並非任何變態殺人犯所為。但經深入調查後，再有突破性的發展。警方在私家偵探的家裡搜查出大量非法偷拍的色情影片，眾受害者之中更有未成年少女。

這宗命案的輿論落在私家偵探身上，但對於兇手是誰的關注則大為減卻。網民歸納為「報應」。

柳正鉉還是將這件事記在心上，每晚閉眼睡覺前也思考著這幾天的實地視察，是否存有遺漏的線索。

也記掛著重遇後卻無法當面對話的葉忻。

「不知道她是否又失眠了？」

另一邊廂，葉忻所畫的藍玫瑰已完成一半，進度讓她滿意，只是當她睡在床上時，肚子咕嚕作響。一整天都在專注畫畫，只吃了幾塊梳打餅以免胃痛，結果現在餓得無法入睡。

「連餅乾都吃完了……」

幾天沒外出購物，家裡的食物已經耗盡。雖然已是凌晨兩時多，但葉忻想也不想就戴上口罩，穿好波鞋去一趟便利店。如果現在是日間的話，她反而寧願捱餓。

撇除危險的因素，葉忻嚮往在深夜的寧靜裡散步，不必擔心途人的目光。儘管她一直盡力保持低調，但就像被死神盯上般，總會有些人查探到她的行蹤，並大肆公開，接著又要搬家。

十多年來，這種情況已發生過數十次。最誇張的一次，是她租了新住處，剛安頓好的當晚，就有人在網絡上公開她的地址。

被發現與否，只是時間問題。而在葉忻的角度，暫時尚算安全。要是哪天能夠安心地生活，像個正常人一樣，便是她最想實現的願望。

但世界不會隨意抹去她所背負的沉重過往，尤其在資訊流通的世代。遠在外國，也不時有人提及著她。在各個論壇或社交平台上，都存在著與她相關的討論。

便利店距離她的住處只有五分鐘路程，本來買完兩個飯團

便能安心回家，偏偏在便利店門外站著一名醜陋污穢的醉漢，似乎還吸食了毒品。葉忻心知不妙，急步離開，走了數百米後才敢回頭。

「他似乎沒有跟來。」

葉忻頓時鬆了口氣，但還是加快步伐，踏上大廈的樓梯，過了幾層卻聽到後方傳來急促的腳步聲。

「竟忘了帶摺刀……」

葉忻摸著空空如也的褲袋，但發現樓梯間擺放著一條木條。她隨手拾起木條，到達只有自己居住的最高層時，腳步聲仍然迫近，她心想肯定是剛才的醉漢，於是沒遲疑半秒，便握緊木條，轉身揮擊。

「啊！」

對方被正面擊中額頭，傳來一聲慘叫。

「欸……」葉忻望清對方時，卻發現倒在地上的並不是剛才那個醜陋無比的醉漢。

而是一個皮膚白皙的男子，輪廓精緻深邃，有著清晰緊實的下顎線和明顯的「美人溝」下巴，氣質矜貴高冷，更有吸血鬼公爵的魅惑邪媚，配上清爽俐落的黑色短髮，就憑這張雕刻美貌，怎麼也與跟蹤狂扯不上關係。

葉忻也自覺錯怪了人，很自然地說了聲：「抱歉，你沒事吧？」

貌似貴族的男子開口，聲線異常低沉具磁性。

「妳先別說話。」

男子神情凝重，視線集中於樓梯間的一角。

此時此刻，在這夜輾轉睡不著的人還有祝悠嘉。

明明已經三十歲了，卻還像個少女般盯著螢幕上的訊息傻笑。

【明晚七時正，我過來畫廊接妳。】

傳送者是白在山。

「要是謊言被揭穿，這段關係就沒可能有好結果了，該怎麼辦呢，唉……」

祝悠嘉忐忑不安。雖然口頭上常常叮囑女兒別叫自己做媽媽，害怕追求者會卻步，但遇上真正喜歡的人時卻又討厭無法百分百誠實相處，需要小心翼翼的愛情並不是她所憧憬的完美童話。

「還是下次見面時坦言相向？」

祝悠嘉沒法作決定，所以傳了幾個訊息給葉忻詢問意見，但全都沒有回覆。她應該沒這麼早睡覺吧？

望一望時間，原來已是淩晨兩時多。

「哎啊，再不睡覺明天就沒那麼好看了。快點睡！快點睡！」

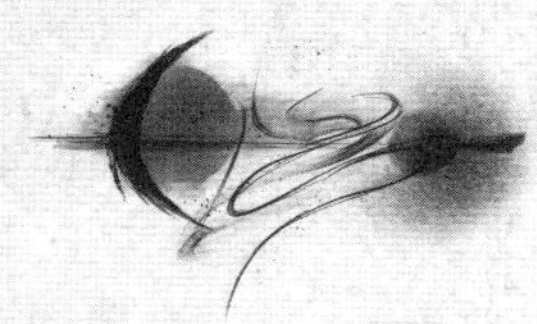

葉忻的手機一直收到訊息，但這刻沒法子查看。畢竟面前還存在著一個不知名男子。

「貴族男」被葉忻的木條擊中而跌在地上時，他本來緊抱著一個紙皮箱。現在這個紙箱翻倒在地上，裡頭甚麼都沒有。

「妳先別說話。」

他警告完葉忻後，便往角落輕步走近，靜止了數秒後，突然間動作迅速的抓住了甚麼。在葉忻的視覺，就只能望到他的背影。

「喵！」

男子轉身，面露微笑，手中拿著一隻不斷呼叫的橘色奶貓。成功抓到差點走失的奶貓，男子好像忘記了額上的痛楚，笑著跑上樓梯，在葉忻對面的單位停下。

他左手安穩地抱著小橘貓，右手伸進褲袋取出鎖匙開啟簡陋的木門。

男子進門後，回身瞪了葉忻一眼，便關上了門，甚麼也沒再說。

「……？」

對現況感到莫名的葉忻，猶豫著自己是否做錯事，對方又是甚麼時候搬進來？該按門鈴道歉嗎？但此時還發生了更嚴重的問題……

本來緊握於在葉忻手上、千辛萬苦地買回來的兩個飯團被丟在地上……

「幸好包裝沒有損毀。」葉忻拾起飯團時輕聲說。

她沒理會男子的事情，立刻轉身回家，將兩個飯團吞進肚子。

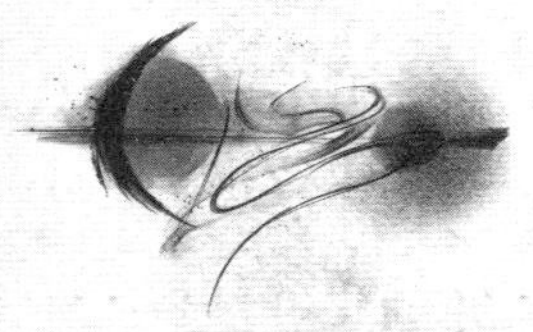

翌日。

中午時分，剛起床的葉忻回覆著祝悠嘉的詢問意見訊息。

【抱歉，昨晚我這邊也有狀況，對面住進了一個陌生男人。】

葉忻的手機隨即響起。

「發生甚麼事？妳又被人跟蹤嗎？要不要我現在過來陪妳？半小時後到，別擔心！」祝悠嘉著緊得連說幾句。

「我也不太清楚，等一下致電房東問問，暫時還不需要擔心，妳先別太緊張。」葉忻倒過來安撫祝悠嘉。

「那麼……妳覺得我該跟白先生說實話嗎？」祝悠嘉語帶猶豫。

「別問我，問妳的內心吧。」

「但我的內心就是無法決定嘛！」

葉忻聽到門外傳來聲音，總結了一句便掛線：「與他見面當刻，妳就會知答案。」

葉忻放下手機，望出防盜眼，男子正蹲在他家門前更換門鎖。

「該不該開門道歉呢……」

權衡一下利弊。以性格及經歷來說，葉忻理應遠離所有人，不打交道也不談一句話，但想深一層，對方就住在對面，要是因為昨晚的事而心存芥蒂，追究查問起來，反而會引起未知的後果。

因此葉忻決定當個正常人，整理一下儀容便打開了大門。

「妳該不會又想打我吧？」

男子沒轉過身來，只用低音傳來一句話。

葉忻呆在原地，一時間不懂得反應。但男子突然望過來再說：「說笑而已，很抱歉昨晚我嚇倒了妳。」

男子友善的微笑讓葉忻感到安心。

「但……你沒事吧？」她留意到男子的額上有一片瘀青。

「少許痛吧，但沒關係。」男子仍保持溫暖的笑容，與他的高冷氣質反差很大。

葉忻低著頭避開了他的視線。

「那就好了，真的抱歉。」

葉忻轉身關門，但被男子叫住。

「我叫黃宇捷，妳好。」

「嗯。」

「很高興認……」

葉忻沒聽到他仍在說話便關上了門。

黃宇捷摸著額上的瘀青，還是輕聲的把該吞下的話說完。

「很高興認識妳……葉忻。」

黃宇捷邪魅一笑。

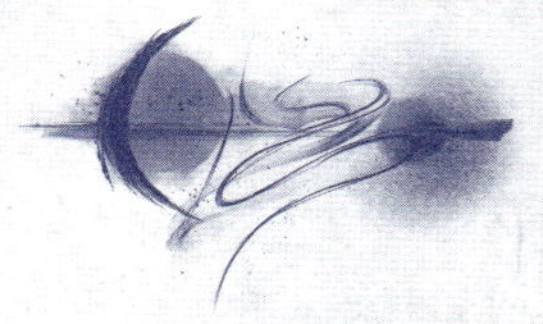

「在山，你勸勸他接管整盤生意吧。」

三良集團大廈的頂層，胖爹相約了柳正鉉及白在山商討要事。

站在柳正鉉身後的白在山，不能得失胖爹，但身為柳正鉉的助手又要替他講說話。

「只是柳正鉉還覺得你仍有管治能力，你退休了我們就沒法跟你學習。」他補充再說：「不過我也覺得是時候開始慢慢交接。」

胖爹語重心長的回應：「我這些粗人又怎麼及得上你們兩個，時代不同了，打打殺殺作奸犯科已經沒用，還不及正當生意賺得安穩。我已經跟其他股東說清楚，會逐漸結束目前的非法生意，解散三良幫，大部分都同意，只剩幾個老頑固還留戀著權力，真是愚笨！」

聽到這番話，白在山心裡一沉，但表面上維持著恭敬的表情。

若然三良幫真的要解散，其他組織想必會趁機分一杯羹，將會引起一連串的紛爭。到時候，胖爹安心退位，他們二人反而沒法置身事外。

覺得討論也沒意思的柳正鉉，只說一句話轉移話題：「你先注意健康吧，最近有去做檢查嗎？」

柳正鉉在青春之年被送往海外留學，就是因為胖爹早有先見之明，想培養一個在將來能夠接管生意的人才，但較現實的說法則是，柳正鉉只是他操控的一枚棋子，讓他能夠保留面子，以合乎法律的姿態全身而退，安享晚年。事實亦似乎如他所願，柳正鉉一直聽命行事。

黑道與商業世界的共通點是，在流於表面的情義上，底層都存在著利害關係。換轉要是胖爹的兒子柳明俊具備承繼集團的才能，柳正鉉根本不會被胖爹放在眼內。

生於黑道家族的柳正鉉，在被控制的人生裡，最希望找尋屬於自己的喜怒哀樂。

「你知道嗎，懂得享受人生、隨時準備迎接死亡的人才最長命。」胖爹心裡清楚：「終日擔心這樣、顧慮那樣的人，轉眼就突然死了。」

「……」柳正鉉面有難色的站起來。

胖爹自覺說錯了話：「我不是指你的父親。」

柳正鉉的父親是胖爹的親弟弟，在柳正鉉小時候因為一場車禍而離世。

像被觸碰到痛處，柳正鉉沒回應的走向電梯離開，緊隨的白在山跟胖爹道別，承諾會幫忙勸告柳正鉉。胖爹一臉無奈，

喝了一杯悶酒，要是他還有當年的魄力，用不著看這小子的臉色。

電梯裡，白在山再說：「萬一外界知道胖爹要退休，很多人將會與我們為敵，我們也要做好準備。」

柳正鉉板著臉回應：「沒有人值得我懼怕。」

柳正鉉才是那個隨時準備迎接死亡的人。

就如葉忻一樣。

柳正鉉回到自己的辦公室裡工作，而白在山則等待晚上與祝悠嘉的約會。

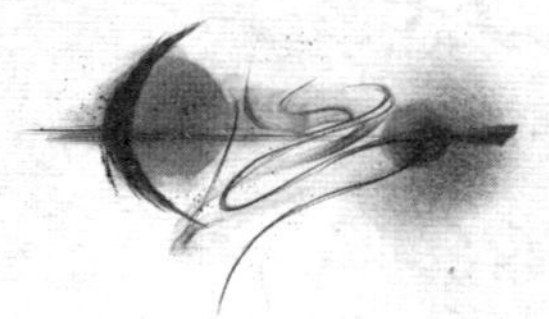

「房東太太，請問我對面的單位是否有人搬進來了？」

葉忻一邊望出防盜眼監視著對面，一邊致電房東太太確定現況。

「那是一星期之前的事了。」房東太太答。

「一星期……？我昨晚才留意到。」

「哎……」房東太太雖然不耐煩，但還是清晰地說明：「妳別擔心，對方有正當職業，已經繳交了一年租金，外表又帥。

妹妹是時候把握機會了，住在我單位的人都旺姻緣，你們約會的話還不用苦惱捨不得回家的問題，開門就可以見面這麼方便。」

倒是葉忻覺得煩厭無聊而掛線了。

葉忻又再望出防盜眼。

「怎麼我好像變成了偷窺狂。」

算了。房東太太也不是甚麼隨和的人，當初葉忻租下單位時，為免身分洩露，所以由祝悠嘉代為租屋。房東太太當時也問長問短，對於一個相貌可好的女生居然要租住這麼簡陋又危險的地方，實在可疑，更懷疑是否租來做不法勾當。

「綜合目前情況來說，該擔心的人應該是他吧？捱了我一棍也沒追究，我算是走運了⋯⋯」

葉忻也沒想太多，繼續繪畫那幅「憂鬱的藍玫瑰」，已經完成了九成，大約需要多兩至三天就能畫好。

藍色的顏料深淺分明的逐漸形成一朵向下垂的藍玫瑰。

「要是這幅畫也能賣出好價錢就好了。」

沒有被打擾的生活，對她來說，日子就是這麼簡單的享受著畫畫的樂趣，肚餓了就咬半塊梳打餅，不分晝夜的忙碌著。

雖然貧苦但也有滿足感。

晚上六時五十八分。

白在山已駕車駛到悠境畫廊外，穿著斯文俐落的恤衫長褲，順直的黑髮梳理得整齊，佩戴著幼框眼鏡卻一點都不老土。

意外地，祝悠嘉也為著這晚的約會早就預備好，一直盯著畫廊門外。白在山一到，她便提起手袋踏出畫廊。白在山走出車廂，靠近畫廊門口。

「等我來關門吧。」

細心有風度的白在山從祝悠嘉手上取過鎖匙，蹲下來替她鎖門，她回應了一句謝謝。

「小心。」白在山替她打開車門，用手護著她的頭頂，讓她安全地坐進車子裡。

開車前，眼神明亮而溫暖的白在山再問：「肚子餓嗎，我訂了一間法國餐廳，妳應該會喜歡的。」

「還好……」悉心打扮的祝悠嘉顯得不安，尤其是那雙水靈大眼總不敢正視白在山，收起了平日活潑爽朗的可愛一面。

經常要看人臉色做事的白在山當然也察覺到她心事重重，特地望著她問：「妳不舒服嗎？」

這傢伙是故意的嗎？明知道那張無辜的臉叫人心動得無法隱瞞任何秘密。祝悠嘉深吸口氣，聳一聳肩，便鼓起勇氣，提高聲線說：「我有事情要告訴你！」

白在山微笑道：「妳慢慢說吧。」

「我跟你說過一個謊話。」祝悠嘉急促的一口氣說：「其實圓圓不是我的外甥女而是我的女兒，如果你不想跟我約會我可以立即下車。」

說畢，她緊張又擔心，閉起了雙眼不敢望到白在山的表情。

寧靜了數秒，傳進祝悠嘉耳朵的並非責罵，而是車子啟動的引擎聲。

白在山手握著軚盤，眼望前方，笑了一笑：「還以為妳要說甚麼，我早就猜到了。」

「欸？」祝悠嘉仍不明白。

「哈哈！妳們長得這麼像樣，況且她望著妳的時候，一直渴望被妳關心，那是小女孩望著媽媽的眼神。」

白在山只能這樣解釋，總不能講出自己早已調查過她的背景。若然在今晚仍沒法問出畫家伊曼達的身分，他只能再採取下一步。

「喔……是嗎……」祝悠嘉回復了興奮的語調：「所以你不介意我有女兒喔！？」

「或許我也有事瞞著妳呢。」白在山用幽默的方式以真亂假。

祝悠嘉調較著車內空調的角度。

「無論你有甚麼秘密，我也不介意喔！」

放下了心頭大石，她高興歡呼著，車廂裡盡是兩人的笑聲。

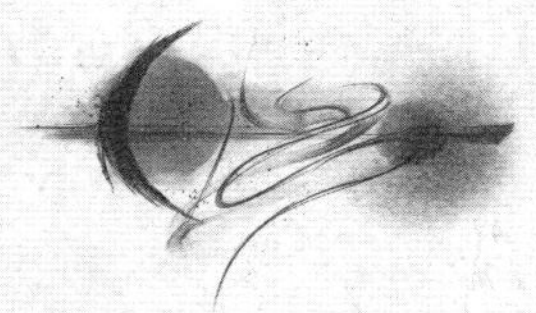

「終於都畫好了。」

傾盡了幾晚不眠不休的心思，《憂鬱藍玫瑰》終於畫好。

葉忻走到窗前，伸了個懶腰，呼吸一下從窗外傳來的新鮮空氣。

躲在暗角的柳正鉉隨即迴避，以免被她留意到。每次葉忻順利完成工作後，都習慣在窗前凝視著夜空，所以柳正鉉心中也為她暗喜。

「妳辛苦了。」

多麼希望能親口跟葉忻説這句話。兩人相隔這麼近，命運裡卻有著無法觸及的距離。

又一晚功成身退。

當柳正鉉準備離開時，他卻望到葉忻對面的單位竟亮起燈光。

「難道有人搬進去了？沒理由我會留意不到！是怎麼一回事？」

一向板著臉、表情不多的柳正鉉，雙目瞪大，露出驚訝得不願相信的表情。在他而言，這是嚴重疏忽，萬一對方有心加害葉忻，她便早就遭殃。這麼多年來的默默守護也就白費了。

柳正鉉凝視著那個單位，當中站著一個模糊的身影，彷彿也在凝視著自己。

「他到底是誰？」街角裡的柳正鉉輕聲說著。

「你也終於留意到我了嗎？」窗台內的黃宇捷竊笑自語。

這一晚，是柳正鉉與黃宇捷的首次碰面。

第五章 / 小白

滂沱大雨導致城市裡多個地區水浸。

某個地盤裡的泥水漸漸被染紅，湧到一名女途人的腳下，她因著好奇而沿著水流望去，頓時嚇得尖叫起來，雙腿發軟倒在地上。其他途人上前幫忙扶起她時，同樣因為眼前的畫面而感到驚怕。

一具被捆綁手腳的紅色屍體躺在地上，頭部已被殘害得血肉模糊，從外觀上無法分辨男女。

警方接報後，隨即封鎖現場進行調查。大量記者爭取機會拍攝屍體的近鏡，呈現最駭人那一面。其中一個記者卻走遠了幾步，抬起相機，捕捉屍體以及這個地盤所屬的公司名字。

三良集團。

「*他們這下子麻煩了。*」記者對拍攝成品感到滿意。

先不論死者的身分及行兇手法，兇案地點已夠引人注目。這個預計是全城最貴的新樓盤昨天才宣佈開始動工，不足二十四小時卻出現死狀恐怖的屍體，引來各界再次關注，集團過往的「謠傳」持續被人們討論。

先不論樓盤落成後，事情是否已經丟淡，但在這一刻卻引來集團股價傾瀉大跌。

在命案被揭發後不久，坐在辦公室的柳正鉉便收到線人通知，早在報道刊登前已得悉詳情。其他高層著急得召開會議商討對策，但柳正鉉不願浪費時間在那些沒頭沒腦、一直只懂坐享其成卻意見多多的老頑固身上，因此叫白在山代為出席，寧願自己深入思考。

但讓他陷入沉思的並非公司股價或利害。

「案發現場是特地安排嗎？」

「死者的身分到底是誰？」

「兇手是針對著誰而來？」

柳正鉉仔細端詳著線眼傳來的照片，像警探般想深入了解事實。根據已知的事實，屍體同樣被淋上紅油，證明與私家偵探的死有關連，他在心裡視之為第二宗紅油命案。

葉忻新鄰居一事，本來已讓柳正鉉陷入苦惱，現在更讓他意識到往後將要面對的事，會比想像中棘手得多。

要繼續守護葉忻的話，行動就不能再只是默默監察、每晚巡樓、在樓梯間放一根讓她自衛的木棍、或下雨天時在便利店門外悄悄放下一把透明傘子等等……

白在山在會議小休時致電柳正鉉，交代情況：「在公關上，我們已有共識該怎麼向外講述情況，也聯絡了相熟的傳媒幫

口，但我覺得事有蹺蹊，你需要我再查探一下嗎？」

毫無頭緒的柳正鉉，一直打算孤軍作戰，因為之前並沒有合理原因解釋為何自己會關注這些案件，但現在涉及到三良集團，他可以安心的讓白在山參與，畢竟他也是個有勇有謀的好助手。況且是對方主動開聲，他也不必顧忌，似乎終於能在私事與公事之中找到平衡點。

「你也別開會了，現在上來吧，我們當面聊聊。我也對這宗命案有些看法，想跟你分享。」

白在山聽到他這樣回覆，竟然也提起了幹勁。

「知道！」

他也沒跟會議室裡的老頭們交代，直接走向電梯，期待的在往上層的按鍵猛按了幾下。

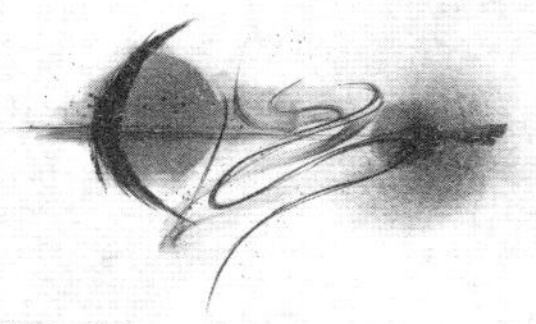

「如果你再想要藥丸的話，替我殺下一個人。」

大約十二個小時前，柳明俊的手下將要殺死的人捉到地下密室。那是柳明俊除了私人會所外，其中一個由他管理的地方，位置偏僻得難以追蹤。表面上是一個倉庫，實際上已改建為能夠進行各種非法活動的秘密地方，例如禁錮、販毒、軍火交易……以及殺人。

只是即使他建造了這個密室，但權力落在胖爹與柳正鉉手上，根本沒「大事」能讓他執行。

直至那個運用變聲器的匿名人士，要求他若然想得到更多藍色藥丸，便要替他殺人。親自嚐過藍藥丸的柳明俊，不惜任何代價也要得到這個足以讓他奪權上位的大好機會，更何況只是殺人這種小事。絕對不必考慮，也不問詳情，立即答應。

第一個要殺的人，是位私家偵探。

而第二個……

「肯定是這人？」

柳明俊坐在密室裡一張梳化上，吸了一口雪茄，指著躺在地上的男子，輕佻地問手下。

「是的，確定。」瘦削的手下雖然神志不清，但肯定地回答。

「知道他是誰嗎？」柳明俊再問，想知道那位製作藍藥丸、他在心裡稱呼為「Mr. Blue」的人到底想殺掉誰。

早已陷入昏迷的男子年約四十多歲，肥胖又禿頭，手下們在一間小型補習社門外將他捉走。

「是個補習社老闆。」手下答。

「有甚麼特別嗎？」柳明俊續問。

「似乎沒有。他在車上時一臉茫然，不停說著『你們捉錯人了！我沒有錢的，放我走』，還驚慌得哭了起來，吵得讓人難受，只好把他弄暈。」

「這樣子啊……你過來一下。」

手下聽命走近，柳明俊隨即賞了他一巴掌，破口大罵：「因為你覺得難受，現在就甚麼都問不到了！做事前能運用一下腦袋嗎？」

手下低著頭不敢作聲。

「唉，沒時間了，別耽誤計劃，動手吧。」柳明俊示意。

手下在腰間取出一把手槍，卻又被柳明俊叫停：「不是跟你說話，別自作聰明。」

一直默默不語待在柳明俊身後的大塊頭「怪力」走近補習社老闆，舉起右手不停毆打他的臉部，像頭嗜血野獸，殘暴得讓在場所有人，包括柳明俊，都走遠了一些，以免被血肉濺到身上。

過程中，補習社老闆好像醒了過來，但「怪力」臉不改容一拳一拳的揮著，像沒有出過半分力般，就把眼前這個人頭，轟得不似人形，變成一攤爛肉。兩顆眼球已不知滾到哪裡去了。

也不知道基於甚麼準則，「怪力」終於停手。

柳明俊雖然也忌「怪力」三分，但「怪力」在他面前卻像一頭忠心聽命的比特鬥牛犬。

「其他人善後吧。」柳明俊這次真的吩咐那位被掌摑的手下，說話時眯起眼睛，盡量避免望到那條屍體。

Mr. Blue 另外的要求是，屍體必須淋上紅油以及要——被人發現。是個很離奇怪異的要求吧，通常殺人者都想毀屍滅跡，但 Mr. Blue 卻反行其道，要讓兇案受人矚目。

手下們清除完屍體上會被化驗出兇手身分的證據後，便按著柳明俊的指示出發棄屍。

地下密室裡只剩下柳明俊與怪力。

「我所選的棄屍地點不錯吧，一石二鳥，真是佩服了我的智慧。」柳明俊自鳴得意地說著。

「怪力」似懂非懂，低聲「嗯」了一聲和應。

「來，走吧，我們去慶功，獎勵你今晚的好表現。」柳明俊像跟狗兒說話，只差在沒有輕撫「怪力」的頭頂。

後來，當案情被完整報道後，Mr. Blue 大感不滿，大眾的焦點紛紛落在三良集團，幾乎沒有一篇報道在意死者的身分。而且那位死者更是血肉模糊……

漆黑中，變聲的 Mr. Blue 在電話裡譴責著柳明俊：「誰叫你們以這種方式殺人？」

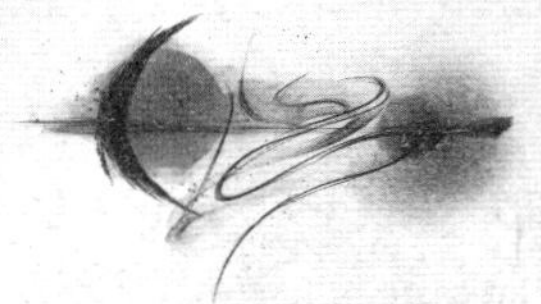

「你認為兇手為甚麼要將屍體棄置於我們的地盤？」

柳正鉉與白在山正在辦公室內討論案情。

「最合理的猜測，兇手想嫁禍三良集團，但誰會愚蠢得在自己的地方殺人？所以對方的目的其實很簡單，純粹想為我們內部製造混亂的局面，照這種說法，結果很成功。」白在山邊說邊想。

「那麼，最大的利益者是……」柳正鉉點點頭準備回應之際，電梯門打開。

胖爹焦躁的走過來，臉色慘白，滿頭大汗，完全不像平日般冷靜隨和。

「你沒事吧？」白在山主動問道。

從胖爹扭作一團的臉部表情看來，柳正鉉心知自己的結論正確。

「你們最近有查到關於柳明俊的事嗎？」胖爹急切的問道。

「他……」在場只有白在山想開口回答，卻又不願說下去。

在集團內，大家都知道盡量別在胖爹面前提起柳明俊，以免讓他動氣，而暗地裡與他敵對的，又會與柳明俊站在同一陣線，不會洩漏風聲。

「你說！」胖爹怒瞪著白在山。

「柳明俊……他……最近與清洪幫那邊的人頻繁見面。」白在山答：「是否在密謀著甚麼就不得而知。」

「我就猜到那個臭小子。」胖爹更為動氣：「要是今早那件事跟他有關，我就要了他的命！」

柳正鉉與白在山並沒任何反應，因為類似的說話已經聽過不知多少遍。胖爹都只是表面上說得兇狠，在眾人面前裝作憤怒，實質只會略施小誡，而他身邊的人亦會一呼一應，勸告他念在親情大事化小，柳明俊所犯的錯最終又不了了之，直至下一件事情發生，沒完沒了的重複上演著慈父多敗兒的戲碼。萬丈的惡念由盲目的善良所造成。

「要是你們有他的消息，就立刻告訴我！」胖爹站了起來：「我現在就想想怎樣教訓他！」

看來他前來只是演一齣戲，向柳正鉉暗示別擅自懲罰他的兒子。

胖爹走後，白在山的手機隨即響起，來電者讓他感到驚訝。柳正鉉也留意到他的表情變化，特地別過臉，低頭處理文件。

白在山稍為走遠一點，接聽了這通電話。

幾分鐘後，他略為尷尬地告訴柳正鉉：「畫廊的負責人剛剛來電，說伊曼達的新畫完成了，問我要不要過去看看。」

他感到尷尬的原因並非因為隱瞞著私底下與祝悠嘉約會，而是這刻似乎有更嚴重的事情要處理。但柳正鉉卻表現得比命案更為著緊。

「你立即過去買畫吧。」

「啊？這宗命案以及柳明俊的事……我們還未得出結論。」

「暫時先別理會。」

沒想到柳正鉉會重視伊曼達的新畫到這種地步，明明不是個藝術狂熱分子，卻對這位寂寂無名的畫家如此著緊？

想不通的白在山只好聽命的配合著說：「我現在就過去。」

「等一下。」柳正鉉叫住了他，補充一句：「有機會的話，幫我試探一下能否相約伊曼達見面，但記得保密我的身分。」

「知道。」白在山離開了辦公室。

柳正鉉交叉雙手，眉梢一沉，彷似被一連串事件迫使做出無奈的決定。

「為了保護她的安全，再也不能躲在暗處了。」

「啊……呼……」

踏出三良集團的大樓，白在山稍為鬆開了領帶，也脫下用來裝作斯文的眼鏡，整個人像從高壓狀態中得以釋放，喘了一口大氣。

他致電祝悠嘉，對方立即接聽。他先說：「抱歉，剛剛跟老闆在一起，不方便跟妳說太久。」

「哈！嚇死我了，還以為你突然待我這麼冷淡！」祝悠嘉的聲線依然活潑：「我準備好出門了，小白。」

經過上次約會，「白先生」已演化成「小白」。

其實，首次見面當晚，兩人在飯後已經按捺不住情慾，前往酒店纏綿。關係迅速發展也在白在山的計劃中。脫下衣服前，他在床上跟祝悠嘉再次強調：「還有很多關於我的事情是妳不知道的，就算在將來也不能告訴妳。」

她卻真誠的説：「沒關係啊，我發現自己太喜歡你了！無論你做甚麼事，我也不會過問，甚至你要利用我，只要能幫到你的話，我甚麼都願意做。」

説畢，她將手放在白在山的心房上：「但條件是……你也把我視作唯一，再不能讓其他女人接近。你能答應嗎？」

白在山本來以為她是純粹熱情，但原來是種近乎病態的癡情。

「也先別太天真，或許純粹是她吸引男人的手段。」

某些男生聽到她這種崇拜式的示愛，就會一時被戀愛沖昏頭腦，倒過來其實是被她控制著。本來有自信的男人會更確定自己的魅力；而自卑的男人又會感受到被肯定。畢竟她的前任富商丈夫，甘願為了她而付出畢生積蓄。

「嗯。」白在山整理思緒後，叫自己別當這段感情是甚麼一回事，如常扮演一個深情男子：「這刻開始，就讓我們一起為未來努力，我需要有妳在身邊。」

誰是誰的工具，誰是真心或演戲，在這一刻兩人都無從判斷。祝悠嘉脱去了優雅得體的連身裙，裡面穿著了極為誘人的內衣。她從白在山衣領下的第一顆鈕扣開始，往下解開，直至將他脱至全裸。

在這一晚，是她的情慾吞噬了他的理智，一次又一次耗盡他的體力。這段短暫而充滿計算的愛情，就是這麼展開。

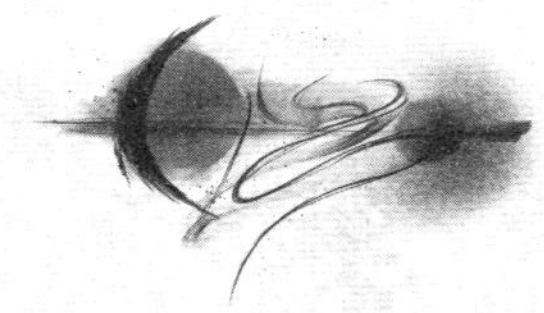

「嗯，等一下見。」

回想起那晚的記憶，白在山到現在也吃不消她濃烈的癡愛。又喘了一口大氣，從一個地方換到另一個地方，都只是扮演著不同的角色而已。

「若然她並非虛情假意，那麼當我說要知道誰是伊曼達時，她也會聽話的告訴我吧。」

白在山想到這點後，就像一輛注滿汽油的汽車，有了前行的動力。一邊駕駛，一邊構思與她見面時該怎樣套話。

二人相約的地點並非酒店，而是白在山的家。他認為總要先給祝悠嘉一點甜頭，所以當她問能否到小白的家裡見面時，他回覆：「並非每個女生都能隨便來我家，但妳可以。」

唯一問題是，白在山的家充滿著監視鏡頭，這是他用來自保的手段，身處於隨時都能被奪去性命的黑道世界，生死存亡都總要留下證據。錄下的片段會被加密，然後上傳到屬於白在山的個人資料庫，如非必要都不會公開，暫時亦只有他能開啟，但最終能夠窺探這些影片的人除了白在山以外，還有他背後的——刑警團隊。

「我會關掉屋裡的鏡頭。」白在山致電著真正的上司說。

「你不能這樣做，我不批准。」上司回答。

白在山直接掛了線。

換著是以前這個任務剛開始時，他必定百分百遵從上級指示，但經過了多年來徘徊於黑白的閱歷，白在山已建立了自己的一套處事方式，由被動的聽命行事漸漸變成主動抉擇該做的事。雖然已經多次惹起上司不滿，但對於這個深入險境的下屬，其實也不能拿他怎麼樣。

回到家裡，白在山把設立在各處的鏡頭關掉。任憑他為了公事而埋沒同理心，但也接受不到要將赤裸裸的愛暴露於人前，希望能保存一些人性的善良，反正祝悠嘉本來就不是萬惡不赦的犯人。

「小白！」一打開門，祝悠嘉就整個人跳到白在山身上，像樹熊般環抱著他。

吻他了幾口，祝悠嘉才捨得放開手，站回到地上。

「喔，這就是你的家嗎，真是簡約得有點空虛啊！」祝悠嘉環顧著四周，打量著每個角落，接著說：「可以在這裡放一些我送你的擺設以及我們的合照。」

「是嗎……」白在山態度冷淡。

祝悠嘉隨即便察覺到，關心地問：「怎麼了？工作太大壓力嗎？」

「算了吧，告訴妳也沒用，反而會為難了妳……」白在山別過了臉。

「怎麼會！或許我能幫你呢？」祝悠嘉著緊的再問。

白在山嘆了口氣，裝出苦惱的模樣，緩緩的說：「最近公司發生了很多事情，讓我喘不過氣來，今天妳致電給我時，我很高興，因為妳帶來了一個好消息，說伊曼達有新畫作……」

祝悠嘉猛力點頭：「是的，是的。」

「但我老闆竟然罵我，花了這麼多錢卻完全問不出伊曼達是誰，要是今天將畫帶回去時仍是一無所知的話，或許會把我辭退，那麼我多年來的努力就白費了。」白在山抬眼，壓著她的手：「但我不會勉強要妳告訴我的，我也不想將公事帶進我們的關係裡，有損我們之間的感情……」

「伊曼達是我的好朋友啊！」祝悠嘉沒等他說完，就沒半點遲疑的將真相告知：「她的真名是葉忻。」

她誠實坦率的程度又再一次超出白在山的預期。

「……」倒是白在山突然說不出話來。

祝悠嘉真摯的微笑道：「原來是這麼簡單的事讓小白這麼憂心！之前你是陌生人，我當然會為她保密身分，但現在你是我最重要的人，相信我的好朋友也不會介意，反正遲些我也會介紹你跟她認識。」

「妳果然很喜歡我。」白在山深情的說：「很感謝妳。」

「當然啊！」祝悠嘉又吻了他一口。

「不過，是否有甚麼原因令她的行蹤這麼神秘？明明可以讓大家知道她的才華，但她卻隱姓埋名？」

「唔……」這次祝悠嘉有半點遲疑。

白在山從她的表情猜想到，葉忻會牽涉到三良集團的未來掌權人柳正鉉，兩者的關聯當然沒那麼簡單，一連串的猜測於腦袋湧現：***伊曼達是誰人的私生女嗎？是柳正鉉的秘密情人？還是甚麼不法勾當的中間人？***

她的身分一定很重要，否則以柳正鉉一貫待人冷漠的處世態度，並不會這麼著緊一個人。

祝悠嘉的答案，讓白在山所有猜想都幻滅，卻帶來撼動他思維的一道線索。

「是跟她的爸爸有關。」

「甚麼意思？」

「她的爸爸是……」

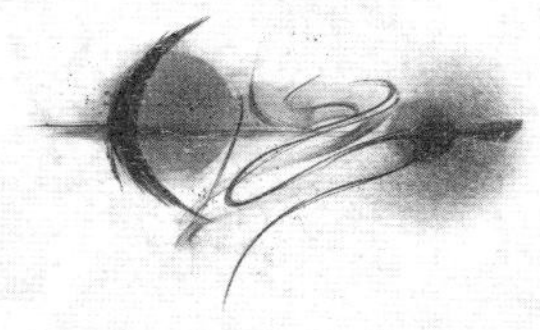

夜空仍下著貌似不會停止的暴雨。

葉忻撐著一把透明傘從便利店走出來，動作不大的緩緩慢步回家。

除了站在附近的柳正鉉外，其他途人根本不會留意到這位女生。同樣撐著透明傘的他，穿著西裝，沒遮掩著臉，緊隨葉忻的步伐。

從家裡窗台望出去的黃宇捷，察覺葉忻正被一名男子跟蹤著，立即專注留神，睜大了雙眼。

兩人的身影愈來愈清晰，黃宇捷也看到柳正鉉的正面。無論身型或動態都跟那個全黑打扮的男子相似。

有了大概印象，黃宇捷隨即用手機搜尋著甚麼資料。

畫面上出現了三良集團的相關新聞，以及柳正鉉的名字和照片。

「哦？原來這麼多年來，一直待在葉忻身邊的人就是你，真是有趣。」

柳正鉉抬眼望上，彷彿在告訴偷窺著他的人，他並不會退避、不會再躲於黑暗中。無論是誰人他都不會懼怕。

黃宇捷面露詭魅的笑容，卻緊握著雙拳，轉身離開了窗台。

他穿上保護袍，戴上護目鏡，扭開了屋內其中一道房門，裡頭恍如一間臨時實驗室。

他在一張長枱上小心翼翼的埋首處理著一些原料，而枱的盡頭，整齊排列著大量——藍色藥丸。

第六章／
只能去吃飯團

將近淩晨，白在山從畫廊把伊曼達的《憂鬱藍玫瑰》送到柳正鉉家裡。

柳正鉉打開門後，望到一臉蒼白的白在山，問：「你中槍了嗎？」

身心疲憊的白在山無法坦言剛剛為了套話而付出了多少汗水。耳邊彷彿還聽到祝悠嘉數小時前的聲音。

「我跟你說了這麼多，你該好好報答我吧，再來一次，你可以的。」

真的不知道究竟是誰利用誰。不過，白在山已得知伊曼達的真正名字是葉忻。他一聽到祝悠嘉講述葉忻的身世時，終於知道她與柳正鉉的關聯，但沒有那種終於找到證據的驚喜，反而是沉重得無法呼吸的落寞。

「沒想到事情過了這麼多年，他依然留意著她。」

白在山也頓時明白，為何柳正鉉會對這個引起公眾關注的女生如此著緊，對他打從心底的敬佩。

本來想揭開真相，但現在倒是要裝作甚麼都不知道。

他將畫靠牆放下後，輕輕說了句：「價錢依舊是四千美元。」

「能跟畫家見面嗎？畫廊老闆怎麼說？」柳正鉉第一時間問道，反而沒望過新畫一眼。

「……似乎有點難度。」白在山遲疑的答：「祝老闆始終不願意透露她的身分，相信畫家選擇匿名應該也有她的苦衷。」

「知道了。」柳正鉉沒半點失望，像在預期之內。

白在山苦笑了笑，實情是，祝悠嘉非常雀躍地答應，還說笑要來個四人約會。

不過，當祝悠嘉問他到底是幫誰買畫，他卻不願意回答，還欺騙她說若然她知道的話會影響到他的工作，為了彼此的將來著想，所以要保密。祝悠嘉全然當真，反而為著白在山那麼關心她而感動，便沒有再追問更多。

但是，為甚麼柳正鉉會突然想主動見葉忻呢？白在山打算今晚好好休息後就重新整理一下思緒。

「我能完全信任你嗎？」柳正鉉突然抬頭問，令到正準備離開的白在山呆住。

白在山的腦袋已經無法清晰地運轉，竟然還要面對這條棘手的問題。但答案只有一個，總不能突然坦言，不，你不能信我。

「我會盡能力幫助你。」白在山肯定的答：「也請你相信

我。」

「我也只能信你。」柳正鉉走近了他，接著再說：「其實我知道伊曼達是誰。她叫葉忻，或許你也聽過這個名字。」

「沒印象。」白在山搖搖頭，又是考驗演技的時間：「她很漂亮？有甚麼值得你留意？」

即管看看柳正鉉會說出多少事實。

「你還記得我爸爸是怎麼死的嗎？」

白在山答：「……嗯，讀書時你在宿舍跟我提過一次。」

柳正鉉再說：「葉忻是那宗意外的其中一個受害者。」

白在山裝作猛然想起了甚麼。

「我記得她是誰了，事情過了這麼多年，但願她的生活一切安好。」

說到這裡，柳正鉉靜默了片刻，彷彿想讓表情驚訝的白在山先回想多一些細節，他才繼續補充。

「要喝點酒？」柳正鉉問他，但已經倒起酒來。

「不用了，你先繼續說。」

柳正鉉笑了笑，又給出了一個讓白在山驚訝的答案。

「其實也沒甚麼，就是我想追求她。」柳正鉉突然一改正經的態度：「你說得沒錯，她的確很漂亮。」

「啊？」白在山忍不住拿起酒杯喝了一口。該説是他不願説出最確切的想法嗎？還是無法百分百信任自己？

但其實柳正鉉只是省卻了當中的因由，直接把行動説出來。能夠得到白在山的幫忙，又可以暫時隱瞞真正的動機。也算是在迫切的情況下，可以紓解困局的一步。要處理大事時，難免有千絲萬縷、無法説清的細節。

兩人猶如深淵的眼神裡有著默契，像告訴對方即管隱藏各自的秘密吧，我們無論如何也會互相支持。

「那我要怎樣幫你？」白在山坐了下來，翹起雙腿。

「追女生這回事，你比較在行。」柳正鉉答。

「也是。」白在山想一想，再問：「那麼你有其他對手嗎？」

「有。」柳正鉉的眼神突然變得銳利。

「他比你有魅力嗎？」白在山抬頭問。

柳正鉉不知該怎樣回答，腦海浮現出那個在窗台偷窺的男性身影。

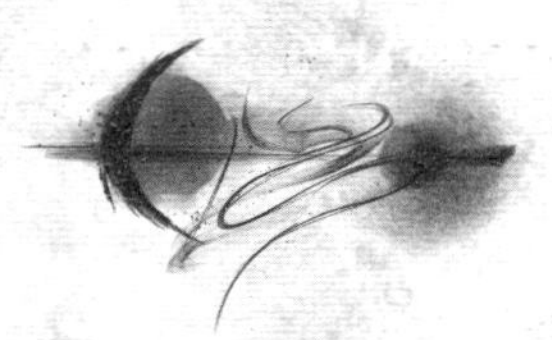

黃宇捷打開了家中大門。

自從上次與葉忻在門口打過招呼後，兩人就再也沒碰面。黃宇捷對葉忻的作息時間瞭如指掌，特地避開她的出入時間。

「要營造一種疏離感，否則會嚇倒害怕陌生的她。」

就如他眼前的數隻小奶貓一樣，間中活潑，間中又沉睡。他把安放著奶貓的箱子搬到門外的樓梯間，然後望著手錶倒數，表情陶醉。

不消一會，傳來輕盈的腳步聲。

「她今天是穿黑色上衣、淺藍色牛仔褲、白色波鞋吧？」

很合理的，葉忻的身影出現在樓梯間。黃宇捷首先看到的是她的腳踝。

「怎麼穿起長裙了！？難道是因為心情愉快？妳這個女人有甚麼值得高興的事在瞞著我？」

小奶貓不斷叫喊，引來葉忻關注。

「猜對了吧。有愛心的妳，又怎能抵抗可愛的動物呢？嗯……接下來妳會問我是否發生了甚麼事。」

「還好嗎？發生甚麼事？」葉忻開口，但視線落在奶貓身上。

「果然，希望妳別對任何男人都這麼主動！很危險的。」

黃宇捷嘆了口氣回答：「昨天那場大雨害我家水浸了，妳看看。」

葉忻沿著他所指的方向望去，地上幾乎是個小水池。

葉忻回想起自己曾經誤打這個男人一棍，又聽房東阿姨說他職業正當，搬進來後也沒有煩擾著她，於是放下了少許戒心問道：「有甚麼需要幫忙嗎？」

「天啊，小可愛！妳怎麼隨便向男人獻媚呢？妳知道自己的眼神有多誘惑嗎？」

黃宇捷神情嚴肅，像還在生她的氣般答：「不用了，就只有一點粗活，恐怕妳做不來。」

葉忻本想轉身離開，卻被奶貓楚楚可憐的模樣留住了，她望向黃宇捷說：「沒關係的，我替你清理一下積水吧。」

「我又怎能夠沾污妳的手呢？但妳待我這麼親切，實在是無法抗拒。」

黃宇捷盯著葉忻脖子上的汗珠，微笑答：「那麼我把門開著，妳可以放心進去。」

葉忻先把從超級市場買來的日用糧食放到屋內，換了一身絕不誘人的居家便服，然後從家裡拿水桶及地拖。

「這單位實在太舊了，下大雨就水浸，真麻煩。」黃宇捷望著奶貓溫柔地說：「你們先在屋外多待一會兒吧，沒事的，放心。」

葉忻走近時，黃宇捷再開口：「麻煩妳了。」

黃宇捷從屋外窺探著葉忻，由上而下全身打量著：微亂的長髮、纖瘦的腰背、線條好看的臀部、還有她體內流動著的血液……

「*真想從後擁著她。*」黃宇捷舔著嘴唇，心臟猛跳。腦裡已聯想到日後兩人結為夫妻，她做家務的模樣就是這麼引人入勝。

他也走進屋內，特地佩戴上耳機，與葉忻保持距離，兩人也沒與對方說話。

打掃了大概兩小時左右，客廳幾乎已回復整潔，清去所有積水，奶貓們亦已經在屋內安置好。

葉忻留意到關上的房門，便好奇的拍拍正聽著音樂的黃宇捷，示意他脫下耳機。

「裡面也要清理嗎？」葉忻問。

「啊不用，只有客廳水浸了，幸好房間沒事。」當然，房內放置著那麼重要的藥物。這場天災不過是黃宇捷特意製造的人禍。

「那麼……我走了。」葉忻往門口走去。

「我能請妳吃頓飯嗎？妳應該也肚餓吧？」

黃宇捷那張帶點女性美的臉孔，的確會讓人沒法拒絕他，即使沒有愛情滲在其中，也會自自然然目不轉睛地凝視著他。一直以來，葉忻已經算冷漠了，但經過短暫安然無恙的共處，她破例的決定跟祝悠嘉以外的人共餐，但說了一句：「我們只能去便利店吃飯團，別問我原因，你可以嗎？」

她仍是堅守著絕不高興進食的原則。

沿途，葉忻開始後悔。因為一向低調的她，卻與一個總會引來注視的人並肩走著。她比平日更為低調，甚至嘗試用頭髮遮蓋著臉。

竟然有人還舉機拍攝！嚇得葉忻退後了幾步還差點跌倒。

黃宇捷出於自然的輕扶著她的手臂，但皮膚與皮膚接觸當刻，他像碰到火一樣，立即將手縮回去，說了一聲抱歉，還從褲袋拿出了一包紙巾遞給葉忻。

「又不必那麼誇張。」葉忻搖手拒絕。

「我還以為妳有潔癖。」黃宇捷笑著說：「所以跟妳保持著距離，畢竟我始終也是個陌生人。」

其他男生早就會覺得葉忻行為怪異、眼神閃縮，但身材高大的黃宇捷卻貼心的替她遮擋著途人視線。他對葉忻的了解程度絕對不下於柳正鉉。

走進了便利店內，葉忻與黃宇捷各自買了一個飯團站在進食區。他還多買了一支烏龍茶遞給她。

一直沒執著要開口說話的寧靜氛圍，反而讓葉忻感到自在而主動開口：「你搬進來後也沒問過你，為何你家裡有這麼多小貓？」

「喔……其實那並不是我的家。」黃宇捷早已吃完飯團，一直解釋：「我在附近一間動物診所內當獸醫，很多時候都有人撿到流浪貓狗來診所，但診所無法容納牠們，所以我便在附近租了一個單位作臨時暫託，但請妳放心，我不會把地方弄得太骯髒的，這次水浸純屬意外。」

「哦，是啊。」葉忻言簡意賅：「牠們真幸運。」

「或許是自身家庭問題吧，不太喜歡與人相處，小動物較為真誠，讓我感到自在。」

黃宇捷停頓了數秒，還以為葉忻會再有延伸問題，但她向來為免別人反問她太多，所以話題總是一兩句便結束，即使對話內容多有趣或適合深入交談。

「嗯，我吃飽了。」

正當葉忻離開便利店時，店外傳來幾下閃光燈。由於黃宇捷仍在店內，所以偷拍者肯定是衝著葉忻而來。黃宇捷見狀立即追出去並捉住偷拍者。

葉忻迴避到遠處，只看到黃宇捷以壓倒性的身材與力氣搶走偷拍者的相機，檢查一輪後，偷拍者最終敗走。

黃宇捷走回葉忻身邊：「沒事了，我把照片刪走，也把記憶卡取了過來。妳要保管嗎？」

葉忻搖搖頭，知道沒事後，開始冷靜下來：「你替我扔掉吧。」

「我檢查他的相機時，發覺也有其他女生的照片，看來是個偷拍狂。」黃宇捷回應：「那現在回去吧。」

葉忻左右張望了數下後，心情稍為平伏的跟隨著黃宇捷的步伐，接著又是一片靜默。兩人到達家門時也沒說太多話便作道別。

黃宇捷回到家後，立即打開手提電腦，插入剛剛從偷拍者取得的記憶卡。那些偷拍照並沒有如他所說的全被刪除。他挑選了幾張葉忻與他並肩而走的合照，露出奸詐的笑容。

「我們這麼合襯，只有我看到就實在太可惜了。」

他又將咪高峰接駁到電腦，設定好變聲功能後，致電柳明俊。

身處於私人會所的柳明俊收到來電時，隨即叫身邊正在吸毒玩樂的手下閉嘴。

「Mr.Blue 終於打來，你們全部滾出去！」

自從上次柳明俊把殺害補習社老闆一事搞砸後，Mr.Blue 就一直沒聯絡他。他手頭上的藍色藥丸已經所剩無幾，而且「清洪幫」那邊對藥丸生意有興趣，所以柳明俊對這通電話特別著緊，可是 Mr.Blue 的第一句話就讓他臉色一沉。

「我不會再提供藥丸給你了。」

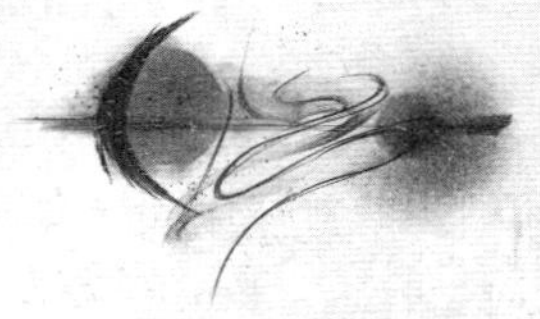

「哎……我真的累了，放過我吧。」

白在山在柳正鉉家裡待至深夜時分，兩人商討「求愛策略」已經幾個小時。他疲憊得幾乎睜不開眼，而柳正鉉精神奕奕的面對著他。

「你把最重要的部分說完就走吧，那個性格孤僻的有錢總裁是怎樣成功追到女下屬？」

「……跟前一部劇情差不多而已，既然有錢當然就運用財力，別人用車接送，他用私人直升機載她去吃飯。」白在山躺在梳化上。

「這麼荒謬，現實怎麼可能發生，這樣的女生也太拜金吧。」

「……」

要教導柳正鉉怎麼追求女生，白在山最初打算講述一些言情小說及劇集的內容，結果柳正鉉認真學習得猶如商討著一宗幾億美元的大生意，不斷提出問題及假設，還一直抄筆記分析。

白在山的腦力持續消耗著，甚至比與刑警團隊討論案情時更花精神。

「我列一個劇集清單給你，你自己上網慢慢看完再問我吧。」

「你這麼累，要在我的客房睡嗎？」

「……要是你想當霸道總裁，就直接把屋子送給我吧！」

過了一會，清單寫好。柳正鉉審視過後，白在山終於獲准離開。累得魂不附體的他以最快速度瞬間離開大屋。

「還是回去當刑警好了……」

他輕按著痛得快要裂開的頭，在心裡跟自己説笑。

柳正鉉也並非故意留難，只是這麼多年來心裡只記掛著葉忻，從來沒有戀愛經驗，可算是浪費了上天所賜的好條件。

他望著放在角落的畫作，以期待的心情走近，緩慢小心的撕走保護包裝。

只要是葉忻所畫的他都會喜歡，但沒想過，當親眼看到這幅《憂鬱藍玫瑰》時，心底裡又湧出一份感動。

「她還是那個女孩，一點都沒變。」

柳正鉉走到上鎖的秘密房間，取出一個相框。

框裡是一張同樣畫著一朵藍色玫瑰的白紙，但從筆跡及畫風來看，是出自於小女孩的手筆。

柳正鉉收到這張畫時，也不過是十歲，而葉忻八歲。在白

茫茫的病房裡，兩人因著同一宗意外被送到醫院，同為受害者，聽著周圍的大人傳來喊聲不斷。

在孤立無助的晚上，沒有人告訴他們發生了甚麼事。柳正鉉在漆黑中啜泣，不知道從哪裡冒出來的葉忻遞上了一張白紙，並說：「送給你的。」

柳正鉉並非只因這幅畫而記掛著葉忻，倒是後來他被胖爹接走，長大後慢慢了解當時的情況，而漸漸對她產生好奇。

自從那宗關乎多人性命的意外，兩人就開始過著本來不該承受的悲慘生活，痛苦地活於失去自我的黑暗裡。

回憶以後，柳正鉉將畫作安放於房間的一角，黯然的關上了燈。自知又是個失眠的晚上，便坐在梳化上，拿起平板電腦，一邊喝酒一邊觀看著白在山推介的劇集。

「用私人直升機接送女生？未免太危險了！想要展現霸道一面，至少也出動私人飛機吧，真是不夠體貼！」

「喔喔喔，為了接近女主角，遞出一張支票就能收購她工作的公司？這麼簡單嗎？都不用跟股東交代啊？編劇有沒有在上市公司考察過？」

「呵呵！有錢、外表好看、身材好，還要身手敏捷，那就拜托對世界寬容一點吧，整天板著臉，說話又冷冷的，誰會真心喜歡你？」

就這樣，柳正鉉一直吐嘈劇情直到天亮。

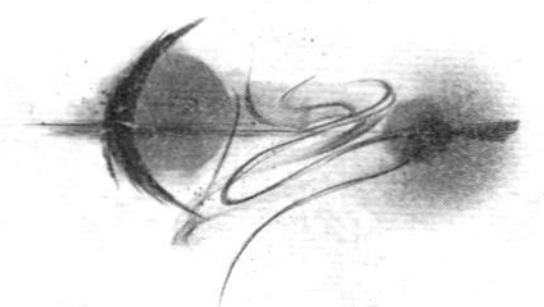

「我不會再提供藥丸給你了。」

「為甚麼？因為錢？」

「因為你沒跟我指示做事。」

柳明俊與 Mr. Blue 對話後，神情呆滯的坐在梳化，站在他身後的「怪力」為他點燃一根雪茄。

Mr. Blue 本來大感不滿，威脅停止供應藍色藥丸，但那只是操弄人心的手段，目的是先讓柳明俊懼怕焦急，再提出一個他沒可能答應的條件，提高成事的機率。他其實必需柳明俊這個工具人。

要換取藥丸，這次的要求同樣是殺人，但那個目標人物，再不是私家偵探或補習社老闆這種微不足道的陌生人，而是一個會引起天翻地覆的熟人。

柳明俊也不只是唯命是從，對於這件必須慎重處理的大事，他提出要跟 Mr. Blue 見面，確保大家之間的互信，單憑隔空對話實在欠缺合作誠意。柳明俊也懂得虛張聲勢：「若然你不答應，最多我安分守己享受人生，也沒甚麼損失。」

面對未知的混亂，他確實是這麼想。不過 Mr. Blue 或許也覺得時機成熟，竟答應了見面。

計劃就這麼暫定，詳情見面時再討論。

這次行動不能讓太多人知道。驚魂未定的柳明俊呼出一口煙，轉身望著唯一能夠信任的「怪力」。

「要殺我爸，你敢下手嗎？」

第七章／
你能有多狠心

柳正鉉照著鏡子，生硬的擠出笑容。

看完劇集的他覺得若然能夠學到男主角的優點，再憑著自己的智慧及分析力改善缺點，取長補短之下，他能夠成為一個更為吸引、更具魅力、有信心與葉忻相處愉快的霸道總裁。

若要形容他的微笑，比起有酒窩的白在山少了份溫馴感覺、比起輪廓精緻的黃宇捷少了份嬌美撫媚，卻有一種正義凜然的氣概，看不出是個黑道集團的負責人。

不過，無論他怎麼練習，微笑得愈來愈自然，都不過是臉部肌肉的控制，並非由心而發，欠缺真摯動人的快樂。

他又平白無故的在一面白牆上練習壁咚，心想：「我怎麼看上去，也比那位只是演員的『偽總裁』更帥吧？」

當他試圖將白牆幻想成葉忻，漸漸靠近地親吻，心臟竟失控的猛烈跳動。

「不能這樣！不能這樣！我絕不是乘人之危的好色之徒。」

跳到梳化上，深呼吸幾口，讓戀愛感平伏後，他又坐到電腦前，搜尋著【購買私人飛機】。

「喔？原來這麼便宜，不錯不錯。」

柳正鉉暗喜，原來自己的身家比起劇集裡的霸道總裁豐厚得多，但一想到金錢的來源是曾經犧牲別人性命而來換取的不義之財，又收起笑容。

「至少他能夠光明正大的活著。」

他覺得活在劇集裡的男主角比較簡單自在。他並非無法做出那些炫富的誇張行為，而是有著這種愧對世界的內疚感，雙手沾污罪孽，才把自己封閉在幽暗的深淵。

翌日早上，還差數小時才到辦公時間，他已經按捺不住致電白在山。

被吵醒的白在山還以為他遇到甚麼不測，竟然罕有的在清晨致電過來，卻聽到聽筒另一邊的他說：「喂！我就把葉忻所住的大廈整棟收購，成為她的新業主，你支持嗎？」

「你瘋了嗎？」白在山再喊多一句髒話，就直接掛斷電話。

被罵的柳正鉉想像到白在山的臭臉，也對著已停止通話的手機回應，七情上面得就如演員說出台詞般：「嘖！反正我身為公司之首，做任何事也不需要你的允許。」

接著，他繼續觀看劇集的大結局，男女主角終於修成正果時，他感動得眼淚直流。

「那個編劇寫得這麼催淚，真是該死！紙巾呢，放到哪裡去了……」

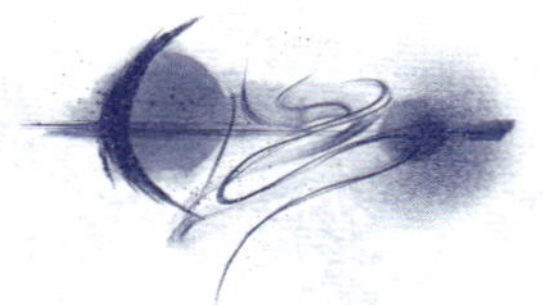

被吵醒的白在山已經無法再入睡，查看手機才知道祝悠嘉曾在半夜多次致電。是因為當時太熟睡還是本能上只感應到柳正鉉的動態？

他本想立即回電，但又考慮到或許半夜未眠的她現正甜睡，也不想營造太關心她的感覺，只回應了一個【找我？】的訊息。

誰料到，門鈴隨即響起。

望出防盜眼，白在山一臉驚訝地開門。

門外的人是猶如剛睡醒的祝悠嘉，她伸著懶腰，似乎一直在門外等候。

「妳怎麼會在這裡？」白在山問後，隨即又改口：「妳待在門外多久了？」

是要突擊檢查心愛的男人有否帶另一個女生上來嗎？因為半夜沒回覆訊息就起疑？未免太神經質吧。

正當祝悠嘉打算開口回答，白在山想起了甚麼，暫住了她。

「等一下，妳先別說話。」

他關上了門，回到屋內把所有監視器關掉。她的出現或許已被察覺，但相信上司也不會過問。

「可以進來了。」他再開門歡迎祝悠嘉。

她環顧房子四周，說笑回應：「剛才是要叫女生藏起來嗎？哈囉，妳可以出來喔，我不會傷害妳的。」

白在山細心的倒了一杯水給她，再問：「不是發生了甚麼事吧？」

祝悠嘉緊緊環抱著他：「有事啊！有事啊！嗚，小白這麼擔心我，我真幸福！」

她每次見面時都湧出禁不住的熱情，但他還是不太適應有人叫自己小白，幸好不會被錄音傳到上司或柳正鉉耳中。

待祝悠嘉終於捨得放開時，他立即又問：「發生了甚麼事，妳慢慢說。」

「小白，我能搬過來跟你同居嗎？」

聽到這一句，白在山猶如電腦當機，一時間不懂回應。先不論對她的感情是否真摯，要跟她住在一起必然會在身分及行事上有莫大衝突，只能用冠冕堂皇的藉口拒絕。況且，已經得知伊曼達的身分，她似乎已沒有利用價值，在理性與感性上也沒有答允她的必要。

雖然覺得她有點可憐，但白在山直接回答：「好像不太方便。」

「是嗎……」祝悠嘉失望的低著頭。

其實，由白在山遲疑的態度及抗拒的表情，她早已猜到答案。祝悠嘉單憑眼神就能看出對方愛不愛自己，她明知自己單方面的熱情遠超白在山那空洞的目光，但無阻她的一廂情願，因為實在太愛這個男人。

「妳特地過來就是為了問我能否同居這件事？」白在山延續著話題，以免顯得太冷漠寡情。

「我因為做了一個決定而太高興，所以想立即過來親口告訴你。但你沒接聽我的電話，就想到你會不會工作太累而睡著了呢，所以就坐在門外等你起床。」祝悠嘉勉強擠出笑容：「好像等了幾個小時啊，真的等了很久，結果我也睡著了，醒來又冷又餓又口渴……但一見到你就覺得不要緊了。」

出於惻隱之心，白在山有點心痛，也佩服這個女人的毅力。

「是甚麼決定？」他不太懂。

「關於我已經離世的丈夫啊！」祝悠嘉再解釋：「並不是太多人知道，其實他留給我的遺產有附帶條件，一是按每月發放，二是……若然我有新戀情，認識了另一個男人後就會終止發放，改為只提供照顧圓圓起居飲食的生活費。」

白在山對這種做法感到詫異，但待在許多有錢人身邊後也覺得合理。大部分愈有錢的人反而愈吝嗇，只是想不到祝悠嘉的亡夫連死後都這麼著緊自己的財產。

「所以……我們被發現了？」白在山問道。

「雖然有很多他的家族成員會留意著我的一舉一動，但這次是我主動交代的。昨天，我致電了他的律師說我戀愛了，請處理需要簽署的文件。雖然放棄了一世無憂的財產，但掛線後那一刻我卻覺得前所未有的自在，因為終於遇到一個我真心喜歡的男人，並甘願放棄一切。所以想立即過來親口告訴你我這個好消息。」

祝悠嘉這段心聲剖白以及追求真愛的決心，讓白在山驚覺竟然有一個女人這麼深愛自己。

就算過往所談過的幾場戀愛，都沒有像她那麼讓人深刻，反而自己由一開始就利用她，還試圖自辯她或許也是玩弄感情。白在山一時間覺得自己是個無恥的渣男。

一直活在充滿猜疑的世界，白在山的確被眼前這個對關係如此信任及堅定的女人所感動。愛情還可以那麼純粹及善良嗎？

還是她以為白在山同樣身家豐厚，純粹更換另一張「長期飯票」？但白在山在三良集團所賺取的金錢需要全部上繳，只有一份刑警應得的月薪。

「不……我不能再質疑她。」

一時間這個包袱有點過重，白在山唯有用真誠應對真誠，也跟她說一些心底話：「請妳別誤會，我拒絕同居是因為我任職的集團其實與黑道有關，隨時都會有生命危險，身處這間屋亦非安全，所以實在不放心妳跟我住在一起。」

「喔……所以小白你也是黑道？」祝悠嘉語氣猶豫。

「是的。」或許這能夠擊退她吧。

「噢！我沒試過跟黑道談戀愛，好像很刺激呢！」祝悠嘉續說：「黑道又怎樣？也能夠堂堂正正的去愛一個人。有正當職業的男人也會玩弄感情，待人如糞。我喜歡的是你這個人，不關乎你所做的事，所以你是黑道、白道、黃道或橙道，都對我沒影響。不過，有事發生時，你會保護我嗎？」

白在山只能說：「是的，我會保護妳。」

這點倒是他能夠承諾的，保護別人算是他的職責，嚴格來說沒有撒謊。

「我想到了！」祝悠嘉歡喜地說：「這裡不方便的話，我再租另一間屋好嗎？大大小小我也沒關係的，只要能跟你待在一起就可以。」

「那圓圓呢？」白在山察覺到她對女兒似乎過於冷淡。

「我還未決定到……我可以直接放棄撫養權，由她的親戚照顧。」祝悠嘉誠實地答：「我也不太懂得當媽媽。」

「不如讓我們三個相處一下，然後再決定同居一事？」白在山正眼望著她：「我不想因為我的出現而造成別人的遺憾。」

自從第一眼見過圓圓，白在山就覺得那個小女生很需要媽媽的陪伴。提出三人共處或許可以鋪排將來分別的藉口，又可以拖延一下時間。

白在山再補充：「妳能夠先叫律師暫停處理那份協議嗎？」

祝悠嘉眼神堅決地答：「當初我為錢而犧牲愛情，令人生白活了一段時間，結果成為自己最討厭的人，所以我簽這份協議並不只取決於我倆的感情，而是對自己的責任。」

祝悠嘉性格上的優點或缺點，都是說一不二，儘管事情最終變得更好或更差，她都心甘情願。

「累了！我能夠在你的床上睡一會嗎？」祝悠嘉問。

「妳放心睡吧，我晚一點才上班。」

「抱我。」

祝悠嘉張開了雙手，白在山以公主抱的方式將她由梳化抱到床上。整個過程中，祝悠嘉一直幸福的甜笑。

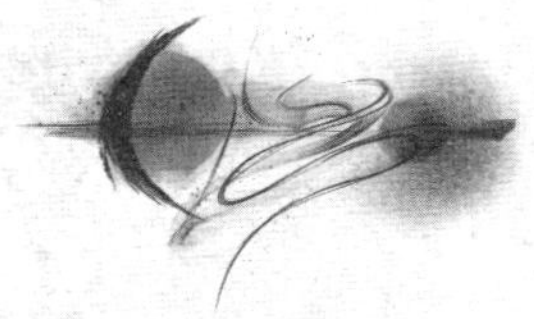

「你說！藥丸的來源可靠嗎！？」

私人會所內，明明是中午時分，但幾乎所有人都是醉趴趴。

唯獨有兩個人保持清醒地商討毒品生意：會所負責人柳明俊與一位甚具威嚴的陌生男人。

男人名為洪伯恩，年約五十歲，皮膚極為黝黑但半邊臉毀容，典型的賊眉賊眼，說話粗聲粗氣卻足智多謀，而且心狠手辣。

「清洪幫」的整盤毒品生意就靠著他逐一剷除其他競爭者而一幫獨大。

經過膽小懦弱的洪一明穿針引線，柳明俊終於能夠與這位大毒梟面對面交談。

畢竟「清洪幫」曾與「三良幫」有過節，洪伯恩半邊臉毀容就是被胖爹的手下所傷，所以恨不得將所有「三良幫」的人殺死。不過那是十多年前的事了。藍色藥丸的出現，品質優良得令他嘆為觀止，不得不放下幫派恩怨也要親自談判。

「來源可靠，而且只有我能夠直接與製毒者取貨。」柳明俊想得到洪伯恩的信任。

「我這份人有錢必賺，但柳大少你不怕父親反對？要是他知道你跟我合作，恐怕會氣得心臟病發，哈哈哈！」

發誓畢生絕不碰毒品生意的胖爹，親生兒子居然要與敵對的毒梟合作，想必顏面盡失。要向一個人復仇，並不局限身體上的傷害。既有錢賺又能報復，這宗生意無論怎麼計算，「清洪幫」都是最大利益者。

「況且，之後合作久了，我再招攬製毒者做手下，到時候連這個臭小子都可以殺掉。」

洪伯恩想到這一點就禁不住大笑。

但柳明俊卻收起了平日玩世不恭的態度，臉色極為沉重嚴肅。

「我並不怕父親反對，因為我會殺死他。」

聽到柳明俊說出這句大逆不道的話，老謀深算的洪伯恩也難免面容扭曲。公認靠父幹的廢物柳明俊，當然從來沒想過要殺死親父，一切都是 Mr. Blue 的念頭。

「倒是要問你們『清洪幫』能夠配合我的計劃？」

數小時前。

慣於早起的黃宇捷選擇在清晨與柳明俊見面，地點並非私人會所，而是那個用於殺人的地下貨倉。

畢竟柳明俊要保障自己，首次會面當然要約在由他掌控的地方。萬一談判不成有所衝突，相信「怪力」也有足夠能力殺死 Mr. Blue 。

到了約定時間，當柳明俊見到黃宇捷出現，得知他就是 Mr. Blue 時，驚訝卻又鎮定的說了一句：「黃醫生，很久沒見了，想不到一直跟我談判的製毒者原來是你。」

「怪力」也對黃宇捷有禮貌地鞠躬。

一位新來的手下請教旁邊年資較深的手足：「他是誰？連老大也對他這麼恭敬？」

手足回答他：「黃醫生表面上是位獸醫，但有一段時間做過黑市醫生，醫好過我們很多兄弟。有次『怪力』中槍差點喪命，也是他救回來的。」

「既然認識，事情就好辦得多吧。」

柳明俊同樣有著新手下的想法。但黃宇捷當初選擇柳明俊這群人來試毒，就是看準他們夠愚蠢，能夠讓他任意操控玩弄。若然現在要大規模執行他心中的完美計劃，恐怕單憑他們的實力並不足夠。

黃宇捷一開口就責怪著：「上次你們連殺一個普通人都出錯，若然要將藥丸大量販賣，必然會面對各方面的衝突，尤其是『三良幫』內部，你本身有甚麼打算？」

「我已經聯絡過『清洪幫』那邊，如果能夠確定你的貨源，我有信心會得到他們的支持，那麼就不用理會『三良幫』，尤其是那個礙手礙腳的柳正鉉。」

「『清洪幫』嗎……」黃宇捷摸著下巴思考：「有趣。」

「嗯，厲害吧？」柳明俊摩拳擦掌的自滿著：「我們將會賺到花不完的錢。」

黃宇捷走到他面前，嘴角歪斜地勾起，彷彿嘲笑著柳明俊的愚昧：「你就這樣滿足嗎？以你的身分理應是接管集團的掌權人，難道你不想體驗站於最高位的感覺嗎？」

柳明俊像屈服於無盡的壓迫感：「你有方法幫我？」

黃宇捷冷笑道：「要得到怎樣的權力與地位，就取決於你能有多狠心。」

柳明俊細心聽著黃宇捷的全盤計劃，愈聽愈心雄。

要將「三良幫」從內部瓦解再重建，就要由柳明俊弒父開始第一步。

但當然，黃宇捷隱瞞了自己的真正目的：借刀清除柳正鉉，再名正言順接近葉忻。

黃宇捷跟柳正鉉不同的是，他並不希望躲在暗處。

這幾年來一直默默等待時機成熟，研究出藍色藥丸用以操控黑幫替他殺人，同時以友善的姿態出現在葉忻面前。只要排除那些阻礙她生活的人後，世界就會愈來愈變得更適合他們戀愛。

黃宇捷、柳明俊、洪伯恩三方面都達成裡應外合的共識，決定在幾天後行動。而在殺死胖爹之前，黃宇捷要柳明俊再多殺幾人，他把一個黑色箱子遞給柳明俊。

「請不要再將抓來的人打到血肉模糊，我要他們的樣子清晰可見。文明一點，用我這些針吧，能夠讓人平靜的死去。」

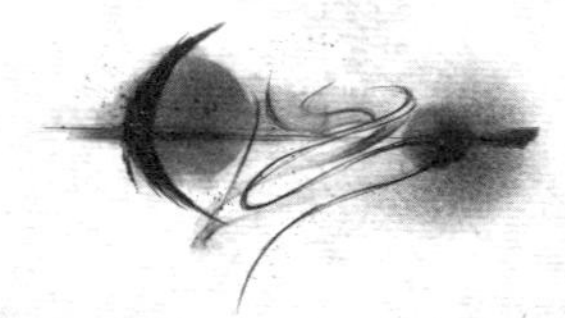

同日下午，柳正鉉載著白在山，抵達葉忻所住的大廈附近。

「這裡是……？」白在山問。

「伊曼達，即是葉忻，就住在那裡。」柳正鉉指著不遠處一幢大廈。

「你怎麼知道？別跟我說你跟蹤她這麼變態……」白在山真的不知道內情。

總不能回答，是！還默默跟蹤了十年。柳正鉉轉移話題：「如果我收購這裡，你覺得可行嗎？」

白在山以為他說笑而和應：「索性把整區都收購重建吧！若然你只買她住的大廈就太低手了。」

兩人一邊說一邊走近大廈，但此時碰巧黃宇捷跟柳明俊見面後回來。

三人擦身而過。

柳正鉉彷彿感知到他就是那個與自己為敵的人，於是停下腳步轉身回望。他親自來到這大廈的其中一個主要原因就是想查出住在葉忻對面的人是誰，有白在山陪伴較為安全。

「我好像見過這個男人……」

不過説出這句話的，竟是白在山。

「他是誰呢……」

回憶在他的腦海翻滾，無數罪犯的樣子及名字像走馬燈般浮現……直到「黃宇捷」這個名字明確被喚醒。

「啊！是那個黑市醫生。」

「誰？你認識他嗎？」聽不清楚的柳正鉉著緊地問。

然而，白在山對黃宇捷的認識，是從刑警組織得來的調查資訊，要想一想該怎麼跟柳正鉉解釋……

第八章 / 最好是晴天

白在山並非自小便立志要做個儆惡懲奸的正義刑警，更沒想過要當臥底潛伏在好朋友身邊。

他的父母都是溫文爾雅的老師，老來得子，所以由白在山出生一刻，便對他呵護備至，珍而重之這個可當成上天的禮物的兒子。成長期間，白在山溫馴乖巧、守規矩、有禮貌、不但聰明得總是名列前茅，性格也絕不懦弱，總是一副無所畏懼的神情。

書生世代的白姓家族，唯獨白在山的叔叔白弘志任職刑警，經常在前線衝鋒陷陣，把許多成功將賊人緝拿歸案的過程與白在山分享。在這個以文為主的靜態家族裡，白弘志這些峰迴路轉的經歷深深引發白在山心底裡的正義感。憑著有勇有謀的聰明才智，白在山要當上刑警絕無問題。

遺憾地，白弘志在三十多歲時因傷而迫於無奈要轉為文職。原因是在一次搗破「三良幫」販賣軍火的行動中，被幫派其中一名成員射中大腿，從高處墮下幾乎殘廢。康復後也只能勉強走路。

這時，白在山剛從中學以優異成績畢業，打算不理會父母

的憂慮與反對，向叔叔提出要加入成為刑警。與此同時，另一邊廂的「三良幫」開始計劃將生意合法化，成功與否的關鍵人物就是被送到海外留學的柳正鉉。

刑警組織此時需要一位成員，接近這位黑道集團的未來接班人，白在山符合所有條件。他以特殊身分加入刑警團隊，任務是盡可能獲取「三良幫」的罪證，將集團瓦解。比起形容為刑警，白在山更像是一名間諜。當他完成這次任務後，才會正式成為一名刑警。

他同樣被送到外國留學，而家族裡任何有關刑警的背景都被刪去，所以往後當柳正鉉在聘請白在山前調查過他的家世，所得的資訊就只有年事已高、任職老師的父母。自第一次接觸柳正鉉，白在山就戴上偽裝面具，與他建立感情，如兄弟般相處。

後來，這麼多年過去，人生多了不少閱歷的白在山，雖然毋忘正義的初心，但或多或少也明白世上的事情並不全是非黑即白。

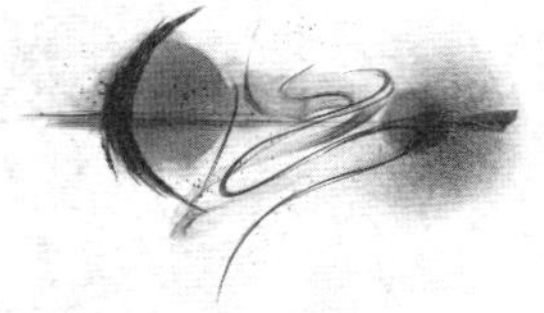

「你認識那個男人嗎？」柳正鉉指著黃宇捷漸行漸遠的背影問。

「沒記錯的話，是個黑市醫生。」白在山解釋：「有個手下曾給過我他的資料。」

柳正鉉也沒質疑太多：「幫我查探確認一下。」

「知道。」白在山可靠的回答。

柳正鉉望向大廈，眼神明亮，感覺那些與葉忻有關的危機愈來愈清晰。

「我們現在去哪？」

「葉忻似乎還未起床，她的窗簾仍然關上。」柳正鉉往前走：「我們等多一會，先去買點吃的吧。」

滿臉問號的白在山只好跟著他走。

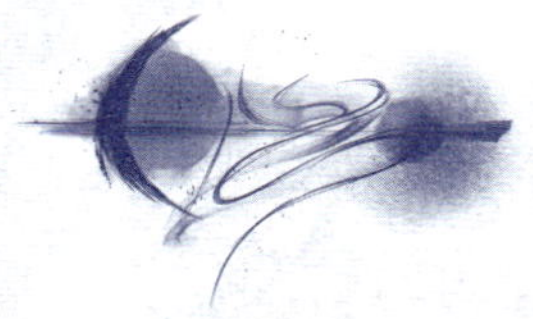

黃宇捷一級一級的步上樓梯。

他用手機觀看著家裡的監視鏡頭，望到葉忻正在幫忙餵飼那些奶貓。

這是葉忻對上次黃宇捷幫忙趕走偷拍者的回報，當他不在家時可以代為照顧小貓。對喜歡小動物的葉忻來說，餵貓是一件放鬆心情又不用接觸其他人的樂事。

「喔，這畫面真唯美。」

黃宇捷不停的截圖。他回到自家門前，先按門鈴說了一聲「是我」才開門。

「我把門開著。」黃宇捷刻意營造一個安全環境，讓葉忻安心待著。

她點點頭，餵完手上的糧食後，再說：「那我走了。」

「買給妳的。」黃宇捷將一個飯團遞給她：「回來時順道經過便利店，覺得妳可能還未吃早餐。三文魚口味，對吧？」

「嗯，謝謝。」葉忻自然的接受了，一個飯團也沒甚麼好顧慮。

黃宇捷凝視著葉忻離開的背影。

「真想一直將她禁錮在身邊。」

葉忻回到家後，首先打開了窗簾，感受陽光的微暖，然後一邊吃著飯團，一邊回覆著工作的訊息。過了一會，明明才剛起床不久，卻又有一陣要立即進睡的倦意，連關上窗簾或回覆最後一個訊息都沒法睜開沉重的眼皮。

熟睡的她不知道，剛才黃宇捷用針筒將安眠藥注射到飯團內。過了不久，她家的大門隨即緩緩被扭開，一雙肆無忌憚的男裝鞋踏進了屋內，一步一步的走到葉忻面前。

黃宇捷並沒有動任何邪念，也沒有用身體任何部位觸碰葉忻的身軀。一向將她視之為世上最珍貴的女人，黃宇捷只想近距離欣賞這個夢寐以求的對象。

以往只能待她有事離家或去買東西時才能悄悄的闖進來，感受她呼吸的空氣、她床舖的餘香、甚至是她喝剩的半杯水或未吃完的半塊梳打餅。

黃宇捷靠近葉忻的臉，用力的深呼吸，如幼貓般有陣奶香，而她嫩滑的肌膚以及紅潤的雙唇，只要稍為欠缺定力，他都會忍不住將葉忻整個人吞噬。

「不能這樣……」

他極力控制著慾望以及生理反應。

「否則會毀掉整個計劃。」

「想不到也挺好吃。」

便利店內，柳正鉉跟白在山評價著手上的飯團。

「別跟我說你是第一次吃便利店的食物這麼離地。」白在山慨嘆。

柳正鉉沒有回答，心想難怪葉忻這麼喜歡吃飯團，遲些要

嚐遍每一款口味。

「走吧。」他跟白在山示意。

「去哪裡？」

他們回到剛剛的監察位置，柳正鉉留意到葉忻已打開窗簾。

「她應該在家了。」柳正鉉又說：「我們上去打個招呼吧。」

「你怎麼知道？」

柳正鉉又沒回答，令白在山感到莫名其妙的只能跟隨他的步伐，邊走邊再問他：「你見到她的時候會說甚麼？請你現在預先告訴我，以免誇張得我無法接話。」

「也沒甚麼特別，還要非常正經。」

在樓梯間，白在山抬頭望著他，等待他再開口說明。

「就是說，你好我是三良集團的負責人柳正鉉，正打算收購妳現正所住的大廈，所以想請教妳一些意見。」

就是這樣。

白在山抹一抹額上的汗珠，聽起來的確沒甚麼問題，但又好像很大問題。

兩人的對答聲，驚動了仍在葉忻家裡的黃宇捷。正常來說，從來沒有人會上門找葉忻。

面對未知的緊急情況，黃宇捷依然淡定，以他所注射的安眠藥劑量，無論怎樣葉忻都不會在短時內間醒來。

「即管看看是誰。」

黃宇捷雙眼圓睜，嘴角上揚，被意想不到的衝擊反而刺激腎上腺素。不出所料，門鈴隨即響起。

葉忻依然熟睡。

然而，當他望出防盜眼，見到柳正鉉及白在山的臉孔時，隨即收起寬容的笑臉。

「怎麼他們兩個會上來……」

觀察入微的柳正鉉留意到門底的罅隙有移動的身影，門的另一邊同樣有人站著！

柳正鉉指一指地上，白在山也有默契的理解他的暗示。

「妳好，有人嘛？」柳正鉉再按多幾下門鈴，拍了幾下門。

「我們沒有惡意的，純粹想問一下關於這棟大廈的事情。」白在山附和説著。

黃宇捷無法猜測出他們的動機和接下來會做的事。若然是陌生人還可以開門解釋。

「媽的……我的屋裡還有大量藥丸。萬一他們闖進去就出事。難道是那個混帳柳明俊洩漏了計劃詳情？他們是來打聽關於我的消息？」

為安全起見，黃宇捷先躲進衣櫃裡。那是全屋唯一能藏身的地方。他並不擔心葉忻醒來，純粹提防他們兩人破門而入，那麼他就難以辯解。

柳正鉉再拍了幾下門後，白在山勸道：「或許她不想應門。」

「以她的性格，也有可能。」柳正鉉感到失望。

白在山對著門大喊了一句：「不好意思，打擾了。」

兩人便離開了大廈。

「沒關係吧，之後再來，機會多的是。」白在山安慰著柳正鉉：「我回去再介紹多幾套劇集給你參考。」

柳正鉉直覺事有蹺蹊，抬頭望上單位，要是她想裝作家裡沒有人，現在理應關上窗簾。

「白在山，拜託你替我做一件事，必須保密。」

「嗯？」

「替我弄兩本假護照。」

黃宇捷仍待在衣櫃裡。他雙唇發白、冷汗直冒，像受到驚嚇般閉起雙眼，抱著膝縮成一團。明明兩人走了可以放心，他卻全身乏力無法走出來。

連他自己也意想不到，原來仍然懼怕躲藏於幽閉空間，一瞬間彷彿回到小時候，逃避著瘋瘋癲癲的父親。他在心裡跟自己說，那個人已經死了，這輩子也無法傷害他。漸漸地，他回復了正常呼吸，亦能夠放鬆身體。終於，他從衣櫃裡走了出來。

他不太願意回望躺在床上的葉忻，覺得即使她緊閉眼睛，都像能窺探到他的軟弱之處。

黃宇捷黯然離去。

下午時分，祝悠嘉已睡得精神飽滿，離開白在山的家後，在地產經紀的帶領下參觀了好幾間符合心水的新居。

「祝小姐，請問妳最喜歡哪一間呢？我會替妳爭取一個好價錢。」地產經紀有禮貌地問。

「每間我也喜歡，價錢我也沒問題，不過我要等男朋友決定。」一提起白在山，她就心情變好，面露笑容：「我跟他再討論一下，要租屋的話一定會再聯絡你。」

「沒問題，有甚麼要求可隨時找我，如果我找到更適合妳的單位也會通知妳。」地產經紀帶著祝悠嘉離開及道別。

她本來想立即致電白在山，但此時卻收到傭人來電說圓圓突然發燒，於是揚手截停一輛計程車趕回家。她一下了車，不像平日般悠閒優雅的走路，而是即使穿著高跟鞋也急忙的跑著。

圓圓吃好、住好、在傭人悉心照料下很少生病，但每次病起來都很嚴重。對上一次持續發高燒是在爸爸離世後不久。

「圓圓，妳怎麼了？」祝悠嘉輕撫著滿臉通紅的圓圓。

「啊，媽媽。」迷迷糊糊的圓圓無法說太多話。

祝悠嘉緊握著圓圓的小手。家庭醫生來到後，為圓圓作檢查及打了一支退燒針。

「她患感冒了，不算太嚴重，應該休息一兩天就沒大礙。」

家庭醫生簡單講述病情後離開，當祝悠嘉想站起來時，圓圓卻捉住了她。

「媽媽去一去洗手間而已，很快會回來。」祝悠嘉在圓圓的耳邊輕聲說，圓圓才捨得鬆開手。

祝悠嘉路過廚房時，見到傭人正在為圓圓煮著簡單清淡的晚餐，突然興起的說了句：「我來幫手。」

雖然傭人明知她廚藝不佳，但也沒理由拒絕女主人。當祝悠嘉低頭切著肉粒時，想到自己一鬆開手就讓圓圓感到懼怕，這小孩子是有多分離焦慮，自己是有多不責任才讓這個一向懂事的女兒成長在缺愛的環境？

「媽媽……」

祝悠嘉跟傭人同時沿著聲音望去，圓圓腳步不穩的從房間走了出來。

「妳不是說很快回來嗎？」圓圓問。

「是的，是的。」祝悠嘉隨即抱起了她，她也用力的緊抱著媽媽。

躺回床上，圓圓問道：「生病了的話，明天是否就無法慶祝生日了？」

「……！？」

一直沉醉於與白在山的戀事，又要處理亡夫的遺囑，竟然冒失得連女兒的生日都忘記。

祝悠嘉自覺羞愧地答：「圓圓妳想怎樣慶祝？」

圓圓像忘了生病般興奮地答：「很多同學都去過主題樂園，我卻從沒去過，如果我明天康復的話，可以帶我去嗎？」

祝悠嘉的亡夫是那種一心只想要兒子的老頑固，得知她懷上女兒後，就只說了一句：「我會負責衣食住行，其餘我一概不管。」而祝悠嘉在這段婚姻裡沒投放半點愛，純粹是種交易，她付出服務及產品，換來豐裕的生活。對於女兒，更是懼怕與她獨處。

換言之，自出生至今，圓圓所能感受到的愛就只困於大屋裡。

就算父親在世時，也少有與兩母女外出玩樂。小朋友或許不完全明白大人的複雜關係，只在上學與下課期間觀察到

別的小朋友，為何父母會來接送他們，而且每個人都笑得這麼燦爛？

後來，圓圓懂事得戒掉了小孩子應有的麻煩，不吵鬧不亂哭更不主動說話，到了像個只會坐著的可愛娃娃時，祝悠嘉才沒那麼抗拒與她相處，更會帶她跟葉忻見面。圓圓與媽媽的關係變好了，但仍遠稱不上被愛。當祝悠嘉第一次接她放學時，她強忍著淚水，回家後才一個人躲在房裡悄悄的哭著。

喜怒哀樂都不太敢表達，唯有在生病的時候才會虛弱得忍不住撒嬌。

想趁著生日提出去一次主題樂園，在心裡等待了一年才敢開口，但事與願違的生病了。現在更是渾身滾燙卻縮在被窩裡發抖。

祝悠嘉望著眼睛半睜半閉，沒甚麼精神的圓圓：「嗯。就算明天圓圓仍然生病也別擔心，等妳康復後媽媽一定會帶妳去的。」

「啊。」圓圓咳了幾聲，再問：「那麼如果下雨呢？」

「別說下雨了，就算颱風媽媽都會帶妳去。」祝悠嘉想了想：「不過最好是晴天吧。」

圓圓久違地露出充滿童真的笑容，然後想到了白在山哥哥。

「不如邀請上次那位哥哥一起去樂園好嗎？」

「欸？」

祝悠嘉驚嘆女兒竟有著這麼細膩的心思。

「好啊，我會問一問他。圓圓妳先好好休息。」

祝悠嘉陪在圓圓身邊直至她睡著。回想起小時候在孤兒院生，多麼渴望有媽媽悉心照料自己。

祝悠嘉走到廚房，吃了幾口傭人為圓圓煮的晚餐，眼角禁不住淌下幾滴淚。不幸的童年，加上不美滿的婚姻，卻生了一個懂事的小孩，但自己反而成為不負責任的母親。這並不是她憧憬的人生，而她還有時間去彌補。眼淚中承載著愧疚，但又存有希望。

她致電白在山講述圓圓的情況，他沒半點猶豫就答應陪圓圓去主題樂園。

掛線後，祝悠嘉按進與葉忻的訊息對話。

【妳又在忙嗎？一整天都已讀不回。】

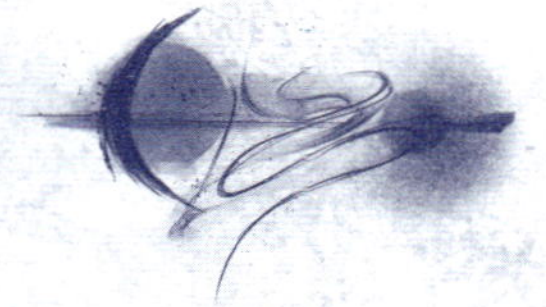

傍晚時分，葉忻終於醒過來，望著窗外已是一片夜空，手機收到多個新訊息。

她坐在床上，頭有點痛，彷彿忘記了這天發生過的事，只想起本來打算睡一會兒，但竟睡了大半天。

長期處於疲憊不堪的狀態，偶爾也會昏睡一整天，所以葉忻沒有察覺有甚麼古怪。不過，當她打算洗澡時，打開了衣櫃，望到某些掛好的衣物掉了下來，而且還有一陣好像在哪裡嗅過的香水味。

仔細查看，有些黑色衣物也沾上了數條貓毛。

葉忻以疑惑的眼神，望一望衣櫃，又望向大門，但始終甚麼都記不起。

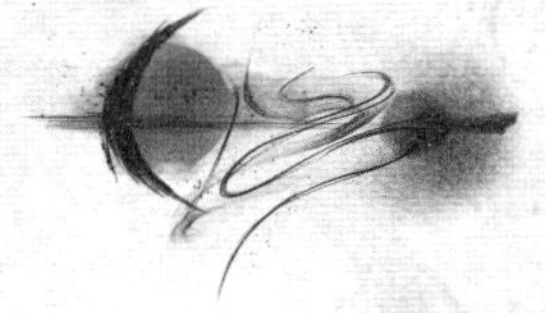

花了半天到訪葉忻住處，柳正鉉不得不回公司簽署文件。

柳正鉉在傍晚時分走進公司，大部分人都已放工離去。不過，平日總有一批人加班工作，加上某些部門是二十四小時運作的，公司理應仍然人來人往，燈火通明，但這刻卻比平日冷清，只有幾位守在門口的保安跟柳正鉉點頭。

柳正鉉如常乘坐電梯回到辦公室，中途也沒遇到一個人。

秘書已把各部門的計劃書及文件整齊排列，柳正鉉只需一份一份地簽署就可以。花了大概兩小時，他順利處理好手頭上的工作，也沒有甚麼突發情況發生。

當他準備離開時，收到白在山的訊息。

【護照今晚會送到你家了，你是有甚麼計劃？】

柳正鉉一邊乘坐電梯，一邊回覆：【純粹備用】

白在山再傳來一句：【明天我請一天假】

柳正鉉：【為何？】

白在山：【純粹休息】

一向嚴肅的柳正鉉被逗笑了一下。

他收起了手機，一臉正經的與門口的保安點點頭便離開公司。

「這傢伙害我有損上司形象。」

保安確保柳正鉉駕車駛離公司後，立即致電通知著某人：「他終於離開。」

某人回應他：「幸好沒被柳正鉉發現。」

某人只是藏身於公司各層的其中一員。

柳正鉉看不到的是，有一大群黑道成員正在公司裡挾持著不同部門的高層及股東，並用槍指嚇他們，逐一蒙頭後，粗暴地押送到貨車上。

這是柳明俊的命令。

他現正處於地下貨倉內與洪伯恩及黃宇捷舉杯暢飲。

黃宇捷一副胸有成竹的模樣，默不作聲的將酒飲盡，而洪伯恩則拍一拍柳明俊的肩膀，大聲奸笑著說：「預祝你殺父成功。」

杯裡晃動的紅酒，彷彿預示著遍地鮮血。

第九章／
煙火

翌日。

圓圓比祝悠嘉更早睜開眼睛，望到窗外的藍天白雲，拉了拉媽媽的手說：「今天沒下雨喔！」

從她精神奕奕的樣子看來，病情已經好轉。是因為醫生所打的針太有效用，還是她想慶祝生日的意志力強大得趕走了病魔？

祝悠嘉也漸漸醒過來，揉揉雙眼，伸著懶腰，同樣為著天朗氣清而高興。她先為圓圓探熱 兩人都十分著緊結果⋯⋯

探熱器顯示的體溫正常。

「耶！退燒了！」兩母女興奮得擊掌大叫。

「那麼我可以去樂園慶祝嗎？」圓圓精靈的問。

「妳真的沒有任何不適？」祝悠嘉確保女兒情況。

「嗯！真的！」圓圓笑著答。

「那麼我先致電小白，呃⋯⋯白哥哥，然後再幫妳打扮得漂漂亮亮。妳先去叫傭人姐姐弄早餐吧。」

圓圓走出房間，但又突然回頭：「媽媽，不如也邀請姨媽一起去？」

祝悠嘉想了想，再答：「也好！但要先問她有沒有空。」

祝悠嘉拿起手機，向葉忻發送訊息。

【圓圓的姨媽！起床了？】

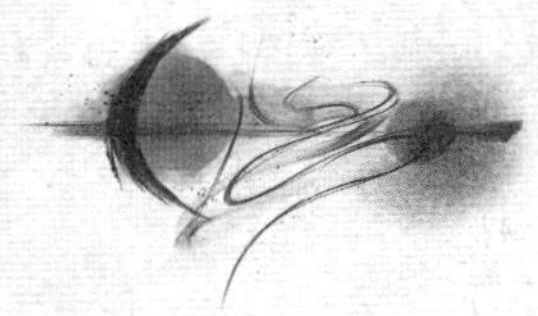

叮咚！

葉忻家裡的門鈴少有地響起，吵醒才睡了不久的葉忻。

雖然意識還未完全清醒，但她謹慎的查看了門外到底是誰才開門。

「欸？有甚麼事嗎？」她對站在門外的黃宇捷問。

黃宇捷微微鞠躬：「抱歉，這麼早就打擾妳。今早突然有個緊急個案，我要趕回診所幫忙動手術。想問一下妳今天會外出嗎？」

葉忻想了想：「應該不會。」

黃宇捷再說：「那就好了，妳等一下能夠幫我餵一餵小貓們？」

葉忻語氣平穩：「可以。」

黃宇捷笑說：「抱歉麻煩到妳，我放心去動手術了。」

葉忻關上門後，黃宇捷的眼神變得陰森可怕，笑容奸詐，輕聲說了句：「妳就乖乖的等我回來吧。」

與此同時，葉忻的手機響起，她急忙的按下接聽鍵。

「哼！妳最近都經常已讀不回喔！」祝悠嘉裝作生氣地說。

「我才剛起床……」葉忻答。

「妳忘記今天是甚麼日子嗎！」

祝悠嘉由圓圓昨晚生病開始講起，再表達她想葉忻一起去樂園慶祝生日。本來葉忻沒猶豫的為圓圓破例去人多的地方，但一聽到祝悠嘉說會帶多一個男人同行，就立即拒絕。

「我不想認識其他人，我晚上再過來為圓圓慶祝。」

「別這樣嘛，我真的很喜歡這個男人，反正遲早我們結婚時妳也會見到他的。」

「那到時再算。」

「欸……不瞞妳了。我想妳間中幫忙照顧一下圓圓，那麼我就可以跟他獨處。我也想跟自己的王子去一次樂園約會嘛。」

「……」

一片靜默後，祝悠嘉再苦苦哀求，終於聽到葉忻一句：「好」。

「唉，我先過來妳家對吧？」

「嗯嗯！他會來接送我們到樂園。」

掛線後，祝悠嘉鬆了口氣。

「幸好她沒有質問我是否透露了她的事情，看來她還未睡醒。」

祝悠嘉笑了笑，期待的替圓圓悉心打扮。

而葉忻先過去替黃宇捷餵貓，留下了一張字條才準備出門。

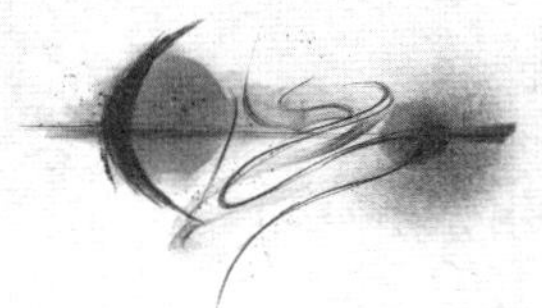

「放過我吧……」

一位老人受不住嚴刑拷打，嘴角滲血的向柳明俊求饒著。最可憐的是，那班股東及高層們被押送到地下貨倉裡，目的並非要他們說出甚麼秘密，否則那位老人會為了存活而全盤托出。

「怪力」再往老人的頭上重轟一拳。老人失去知覺倒地，也沒人關心他是否已經死掉。

「真吵。」柳明俊站了起來，跟他們說：「你們不是一直看不起我嗎？怎麼現在全部跪地求我？」

柳明俊走近人堆，隨意的向其中一人踢了一腳。

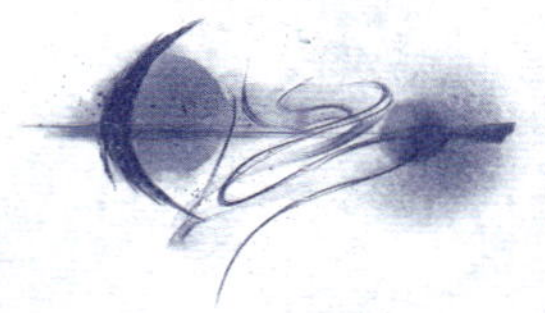

一輛私家車駛到祝悠嘉的住所。

白在山從車上走出來，在路旁耐心等候。名義上他已經是祝悠嘉的男朋友，但他並不想明目張膽的踏足她亡夫的家裡，那樣未免有種喧賓奪主的無禮。

「跟她女兒慶祝完生日，就想想怎麼跟她說明一切吧。」

複雜矛盾的心情讓他低著頭苦笑。

不久後，祝悠嘉牽著圓圓走近。

「小白！」圓圓突然開口，讓祝悠嘉與白在山頓時尷尬起來，白在山更害羞得耳朵通紅。

祝悠嘉吐一吐舌頭解釋：「我一時不小心在她面前叫你小白。」

「不要緊吧。」白在山蹲下來，跟圓圓說：「生日快樂。」

圓圓可愛的笑著。旁邊的祝悠嘉看得高興，有種這樣才是一個家庭的感覺。

「那上車吧。」白在山又說。

「等一等。」祝悠嘉回應：「還有一個人，應該快到了。」

語音剛落，葉忻就出現，讓白在山吃了一驚。

畢竟前一天才被柳正鉉拖著一起上門「拜訪」這位獨居女士。要是被她認出，這刻也不懂怎麼解釋。

祝悠嘉拍一拍仍然驚訝的白在山。

「別看到美女就呆住！」祝悠嘉介紹著：「這是我好朋友……」

「夏昕。」葉忻截住了祝悠嘉，為自己取了一個新名字：「夏天的夏，昕是日字旁配個斤字。」

祝悠嘉跟白在山打了個眼色。白在山像猛然一醒，配合的說：「夏小姐，妳好。」

從整個見面問好的過程，倒是葉忻低著頭以及迴避白在山的眼神，讓他覺得，難道她認不我？

白在山先上車。葉忻才抬起頭望著祝悠嘉，眼神凌厲：「妳差點就說出我的名字了！」

「呃……但現在沒有嘛，沒事沒事！反正他只是個普通男人，對妳的事也不感興趣。」

誰料到祝悠嘉早就將葉忻的事情全部告知白在山。

祝悠嘉上車後也鬆一口氣。

葉忻帶著圓圓坐在後排。圓圓有禮貌地跟葉忻說：「謝謝姨媽陪我慶祝生日。」

葉忻笑了笑答：「除了圓圓，的確沒有人可以叫得動我了。姨媽先替妳扣上安全帶。」

她一向比祝悠嘉更疼錫圓圓，在為她扣安全帶的時候，葉忻竟有種出奇的感覺，祝悠嘉對待圓圓的態度好像少了平日的厭惡，是因為女兒生日，還是白在山的出現讓她心情變好？

她望著兩人的背影，覺得頗為合襯。

前排的情侶一直閒聊，後排的葉忻與圓圓玩耍。不久後車子快要抵達樂園。

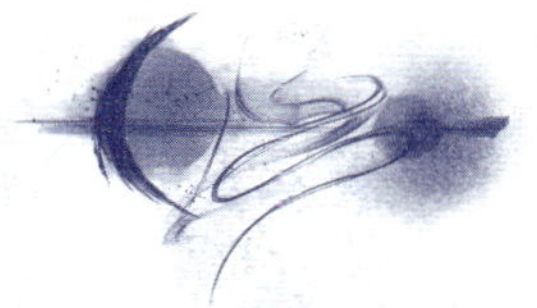

另一邊廂，柳正鉉早已起床，喝著黑咖啡觀看新聞報道。

先是一些他早已洞悉的經濟消息，沒甚麼要留意，但接下來的報道令他瞳孔放大。

城市裡再同時發生了幾宗「紅油命案」。

五條屍體在同一個清晨被發現棄置在鬧市各處。有男有女，年約三十歲。

雖然報道中並沒有提及死者的名字，但柳正鉉立即致電相熟記者查詢。對方告知了幾個並非名人明星的普通名字，也沒提及職業。

「有這些資料很足夠了，晚一點我匯錢給你。」

「謝謝柳老闆。再有消息立即告訴你。」

由第一宗命案開始，柳正鉉就確信死者與葉忻有關，但對頭兩宗案件並無頭緒，就連警方都束手無策。而他腦海裡，唯一可疑的人就是住在葉忻對面單位的男子。

柳正鉉搜尋著死者的名字，只有其中一個引起他的好奇。那位死者曾經接受過訪問，講述自己怎樣由一個孤兒成為金融才俊。

他待過的那間孤兒院，葉忻也待過。推算一下年份，兩人或許認識。

「沒錯的了。」

又有證據確實他的想法，可惜他並非福爾摩斯，頂多只是有錢又勢力的黑道集團社長。

「下個受害人會否是葉忻？」

一直抱持這個想法，但處於被動的情況，他深知自己的最大目標並非找出兇手，而是——確保葉忻安全。這麼多年來，也只想她生活安好。

依據這方向行動的話，他還是可以部署接下來的行動。

他拿起辦公室的電話，告訴秘書：「幫我取消所有會議，直至我再通知妳。」

紅油命案的死者，並非柳明俊要殺，就如補習社老闆一樣，他連對方是誰都不知道，只是跟從黃宇捷的名單殺人。

當然也不用他親自出手。

他這刻仍在地下貨倉折磨著那些曾與他作對的人。

即使這群沒用的高層不在公司，也沒有員工覺得離奇，一切正常運作。

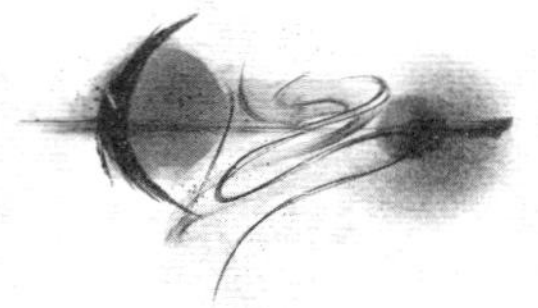

「啊！是甚麼一回事？」祝悠嘉喊道。

抵達樂園入口的四人呆望著一張【是日並不開放】的通知。入口旁邊也有幾個家庭失望而回，罵道：「怎麼今早才在網上宣佈，知道小朋友期待了幾晚嗎？」

失望得想哭的小孩當然包括圓圓。

「那現在怎麼辦？」葉忻望著祝悠嘉問。

祝悠嘉不忍心跟圓圓說下次再來，但這個懂事的小孩應該會主動說出這句。不過，誰也不忍心提出離開，仍停留在原地，遙望著這麼近那麼遠的遊樂設施。

待另一個家庭離去後，白在山竟然開口：「進去吧。」

他大步邁進樂園的入口。

圓圓望著工作人員緩緩的將大門推開。祝悠嘉與葉忻還未弄清發生甚麼事便跟著白在山走。

他們踏入樂園後，大門又再關上，員工們彎身向白在山鞠躬。樂園並沒有關閉，而是只為他們服務。

「能解釋一下這情況嗎？」祝悠嘉問白在山，其他人也在等待他開口。

滿臉自信、像一切在預期之中的白在山蹲了下來，握起圓圓的手答：「這是我送給妳的生日禮物。」

第一次去樂園慶祝生日，想讓她留下最難忘的回憶。

「要包下整個樂園，並非單靠錢就能做到。」祝悠嘉再問白在山。

白在山答：「我們公司有很多妳意想不到的投資項目。」

祝悠嘉回應：「但停運一天不會太離譜嗎？」

白在山笑了笑:「再離譜的事，我們公司都做過吧，關閉一個樂園算不上甚麼了。況且……我也有買票的！妳們拿著。」

一人取了一張入場門票。雖然白在山並非最高位的霸道總裁，但也算掌握著「三良集團」一人之下的副社長權力。

「妳剛才不是說男朋友是個普通人？」葉忻說笑的向祝悠嘉諷刺一句。

他們也沒再說太多了，驚嘆過後，便牽著圓圓走向不同的卡通人物，享受生日的喜悅。

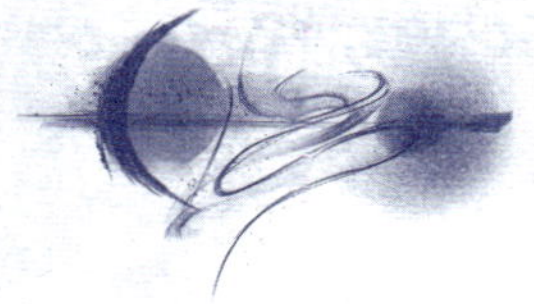

「真的謝謝你。」

祝悠嘉與白在山坐在長椅上。如她所願，葉忻陪伴著圓圓，讓他倆有了獨處的空間。

「沒想過你會為圓圓付出得……那麼誇張。」

祝悠嘉輕輕握起白在山的手。比起濃烈的愛意，這刻是發自心底的感激。不知道是因為身處於樂園，還是避免好朋友及圓圓尷尬，祝悠嘉沒平日那麼痴纏。

「不過是一通電話就做到的事，也不算甚麼。」白在山當作是一種利用了她的情感補償。但與她們待在一起，見到她們的笑容，都為他多年來高壓虛偽的臥底生活帶來一點甜。

「我也感到高興的。」白在山續說：「能把幸福帶給妳們。」

「所以說……黑道也沒甚麼不好。」祝悠嘉靠於白在山的肩膀，笑著說出心底話：「至少你讓我沒那麼畏懼當一個母親，讓我知道原來我並非想像中那麼冷血，與喜歡的人一起才是最真實的我。你會一直待在我們身邊嗎？」

「嗯……」白在山不忍心破壞這刻的氣氛。

「嗚……小白！」祝悠嘉又回復愛得忘形的態度，整個人跳到白在山身上，深深的激吻著他。

圓圓剛巧與卡通人物合照完，目睹了這一幕，便借用了葉忻的手機，笑著為他們的親暱拍照留念。

「姨媽，妳也想有男朋友嗎？」

葉忻輕摸圓圓的頭，被她的問題逗笑。

「從來沒想過。」

葉忻在心裡回答自己。

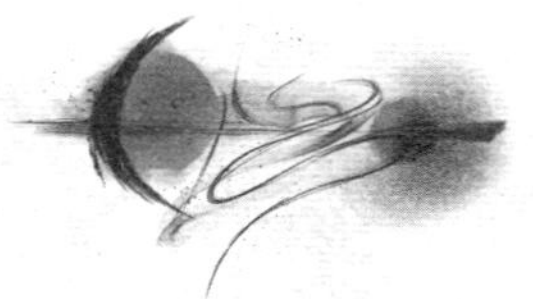

柳正鉉回到家裡，踏進了那間貼滿葉忻資料的秘密房間。

全是他十年來默默守護的證據。

他將所有照片逐一撕了下來，集在一起，然後鎖於夾萬裡。

除了那張葉忻在小時候送給他的玫瑰畫作，尺寸比掌心大一點。要是相認的話，這張畫是能夠代替千言萬語的證據。他不奢望葉忻會記得他，只求萬一發生甚麼事……

「希望她會相信我。」

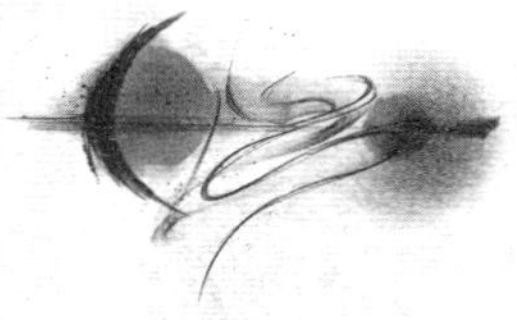

日落過後，天色漸黑。

圓圓在晚餐期間，期待的問白在山關於樂園關門前的重要環節。

「我們也會看到煙火嗎？」

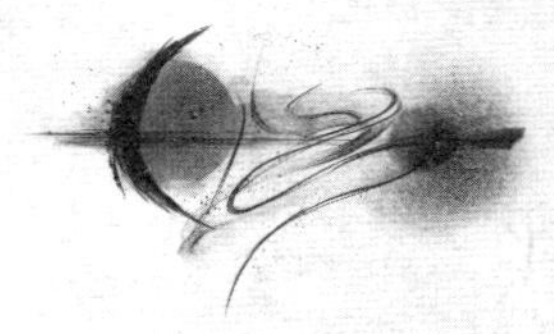

「歡……歡迎回來。」

柳家的大宅裡，傭人們見到柳明俊時，表情驚訝。除了因為他已多年沒回家，還因為他的衣服邊緣都沾上了血。

「我爸呢？」

「他去了打高爾夫球，應該快要回來了。請問要為你準備晚餐嗎？」

「這還要問？」柳明俊目露兇光：「難道我在這裡連吃頓飯也沒資格？」

「抱歉！我不是這個意思。」

傭人低著頭，不敢望他一眼，只想盡快走開，以免他發狂亂揍人。

感到無聊的柳明俊在這棟幾十年如一日的豪華大宅隨意走著。

「嘖！」

他拿起胖爹與柳正鉉的合照，一臉不屑，將相架扔到地上的角落。玻璃聲清脆俐落，滿地碎片。

「你瘋了嗎？回來幹甚麼！」

柳明俊身後傳出胖爹雄渾的聲音。

「吃飯喔，這裡是我的家嘛，回來坐一下也是理所當然吧？」柳明俊板著臉。

「這是我的家而不是你的。」胖爹表面上責怪著。

柳明俊沒理他的話，坐在客廳的梳化上。

「你是否闖了甚麼禍！」胖爹又問：「不然怎麼會回來？」

「哈，你又聽誰講了甚麼？」柳明俊態度輕佻。

胖爹：「總之你別亂來。毒，不是你有能力經營的。萬一出事，連我也保你不住。」

柳明俊冷笑了幾下，低聲自語：「是的，我就最無能。」

這時候，傭人走過來說了句晚飯準備好。父子倆誰也沒再說話，走到飯廳坐下。

吃飯中途，胖爹吩咐傭人：「倒兩杯威士忌，然後再去整理明俊的房間。」

兩父子已有幾年沒同枱吃飯，柳明俊總待在私人會所花天酒地，也在有自己的住處。

「今晚我們喝喝酒吧。」胖爹態度強硬的說。從小到大，他們唯獨在喝酒的時候，會交談一兩句，而且不會吵起來。胖爹

的腦海裡，還記得第一次教兒子品酒的時刻，柳明俊醉得亂吐在地上。

但時間差不多了。

柳明俊收到了洪伯恩的通知，他那邊已準備好。

此時，柳家大宅的門鈴響起，傭人開門，被身軀龐大的「怪力」嚇倒。

柳明俊站了起來，坐到客廳裡，播放著胖爹平日愛聽的古典音樂。

他將聲音調高到幾乎刺耳的聲量，閉上了眼睛。

「怪力」已從門口走到了胖爹身旁。

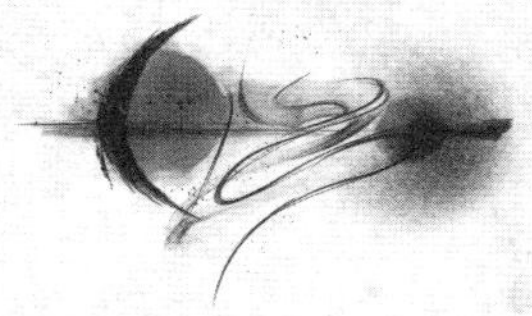

樂園裡。

「圓圓，妳想看煙火嗎？」白在山回答她的問題。

「嗯。」圓圓用力點頭。

聽到二人的對話，葉忻又跟身旁的祝悠嘉說：「妳男友不會連煙火都安排好吧……？」

祝悠嘉一臉不知情的樣子，只見白在山走到一旁通了一則電話，回來後跟大家說：「走吧，這晚最隆重的環節已準備好了。」

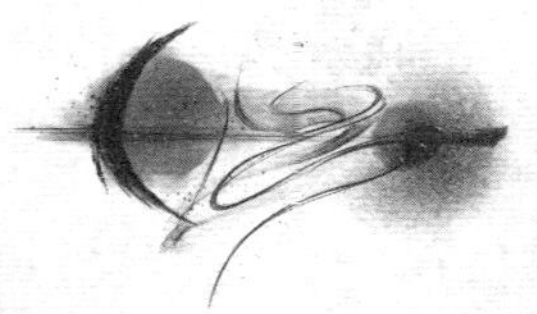

柳正鉉清理好葉忻的資料後，離家前往葉忻住所。

他到了家樓下，踏出大廈後，聽到身後傳來巨響的爆炸聲。

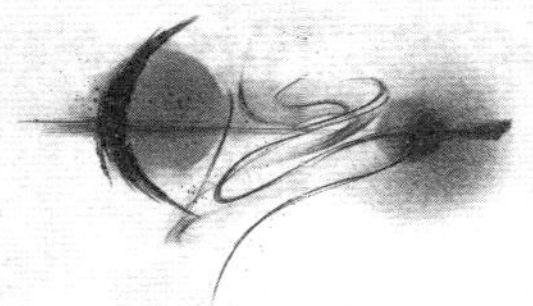

煙火在樂園夜空璀璨奪目的盛放，圓圓他們陶醉於美如童話的繽紛裡。

同一瞬間，三良集團的大樓逐層逐層被轟炸、柳正鉉及白在山的家同樣傳出巨響，爆炸崩裂，而地下貨倉裡的高層，逐一被柳明俊的手下槍決。

——嘭、嘭、嘭。

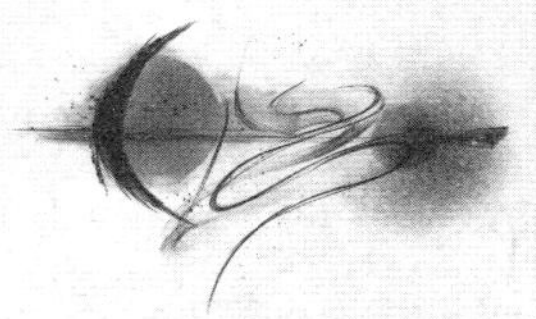

柳家大宅則播放著古典音樂，「怪力」一拳一拳的轟在胖爹的身體各處。無力還擊的胖爹只能拖著身子垂死掙扎，在地上亂爬。

柳明俊坐在客廳裡全程閉上眼睛，沉浸於音樂的旋律中。

胖爹被虐打到奄奄一息時，逃到自己的睡房內。「怪力」用盡全身的力氣，高舉右手頭，出拳猶如打樁般重轟於胖爹的腦袋，隨即血濺遍地。

——啪啦。

玻璃碎滿一地。

床頭櫃上，那個放著胖爹與柳明俊二人合照的相架，掉到胖爹血肉模糊的屍體上。

此刻，柳明俊知道「怪力」已將父親殺死。他的嘴角微微上揚，眼角卻流出一滴淚，然後像瘋了般大聲傻笑。

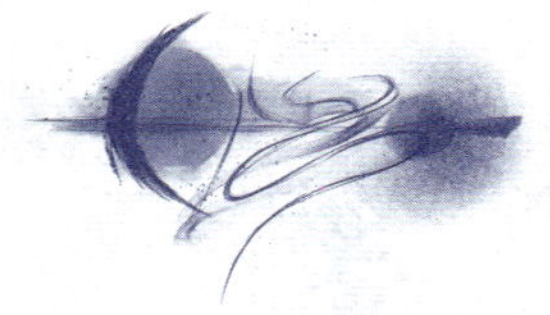

「好漂亮……」

第一次在樂園欣賞煙火的人不只圓圓，還有葉忻。

煙火落幕告終的那刻，「三良集團」的各處所陷入爆炸襲擊、重要成員們被處決、胖爹被打死……幾乎整個勢力在一瞬間被瓦解。

唯一逃過劫難的是柳正鉉及白在山。

有份策劃這些襲擊的黃宇捷，本來想待在葉忻身邊享受這個令他興奮的時刻，他以為她一直待在家裡，可是他未能如願看到葉忻臉上的喜悅，只讀到她今早所寫的紙條：

【突然有約外出，已餵小貓。】

黃宇捷憤怒得將紙條揉成一團。

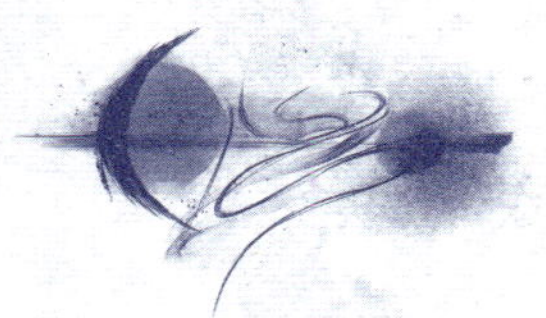

當白在山收到刑警組織的來電，得知各處的爆炸情況後，他立即查問柳正鉉的安危，但對方回答不知道。

「那你們盡快徹查發生了甚麼事！」白在山激動説著。

他掛線後又致電柳正鉉。

白在山焦急憂慮的心情隨著電話接通，傳來柳正鉉的聲音，才稍為安定，但依然著緊地問：「你沒事嘛？情況很嚴重……」

白在山將已知的情況告訴了他。

「我打算去葉忻家裡。」柳正鉉答。

「葉忻不在家！」白在山答：「她正在我旁邊。」

「在哪裡？我現在過來找你們。」

雖然柳正鉉不清楚為何白在山會與葉忻一起，但情況危急也沒問太多，得知樂園的位置後，立即駕駛著摩托車，全速前往。

「終於要與她見面。」

第十章／
血脈

「你為甚麼會知道我的名字？」

葉忻略為激動的問白在山。理應只認識「夏昕」的他，在剛才跟柳正鉉通話時，情急之下不慎說出了「葉忻」這個真名。

「還有，你跟誰通話？他也認識我嗎？」葉忻轉向祝悠嘉再說：「你男朋友到底是甚麼人？」

那種誰也沒法信任的不安感又從葉忻的心底湧現。祝悠嘉半張開口，卻不懂回應，而圓圓更被她的焦躁而嚇倒。現在就只有白在山能解釋一切。

「很抱歉，葉小姐，我們現在有生命危險，沒時間解釋太多，請妳們先信任我。」

白在山眼神堅定，在慌亂中依然保持鎮定，但未能說服葉忻。

「我無法信你。」葉忻：「待在你身邊會有危險嗎？那我們自己走就沒事吧。」

說畢，她想拉著祝悠嘉及圓圓轉身離開，但白在山捉緊了她的手：「妳一個人反而更危險，在我身邊，至少我能以生命擔

保妳們的安全。」

祝悠嘉此時開口和應：「我相信他。若然他是壞人，要害我們早就可以動手吧。不用等到現在，所以請妳也相信他吧。」

祝悠嘉與圓圓走到白在山身旁。平日最容易情緒失控的她，這刻卻冷靜的相信她的男人，也希望好朋友能夠配合。

「真的沒時間了，葉小姐。」白在山再說。

「我搞不懂現在的情況……」葉忻望著眼神同樣堅定的祝悠嘉：「但我也不想連累妳們。」

祝悠嘉也牽著葉忻：「妳放心吧，小白會保護我。」

見葉忻態度軟化，白在山立即說：「請先到我的車上。」

他帶著她們前往座駕，上車後再駛到了樂園附近較為隱蔽的角落。

「我們先在這裡等一等。」目測安全後，他立即把位置告訴柳正鉉。

同時間，他突然收到上司的訊息。

【安全？】

白在山踏出車廂後立即回電，走到一旁與上司通話。

不久後，一輛黑色摩托車駛近，葉忻即時起了戒心。

白在山立即掛線，走前迎接脫下頭盔的柳正鉉，並講述從刑警組織裡所獲取的資訊：「三良集團的大樓、你和我的居所都被炸毀了，暫時未能查出是甚麼人所為。」

柳正鉉：「今天也發生了幾宗命案，應該跟葉忻有關。」

白在山：「三良集團的事跟葉忻也有關聯？」

「我也不清楚。」柳正鉉搖搖頭，將目光望向車廂：「她在那裡？」

「嗯。」白在山帶著他走過去：「你有甚麼計劃？」

柳正鉉：「確保她的安全。」

白在山：「除了葉忻外，還有她的好朋友及女兒。」

柳正鉉雖然感到好奇，但沒過問太多，只說了一句：「你能負責帶走葉忻以外的人嗎？」

白在山回應：「放心交給我。」

柳正鉉走到車子後座，小心地緩緩打開車門。

這麼多年來只能遠觀的一個人，這刻終於能夠與她對上視線。

「葉忻小姐，我叫柳正鉉，現在由我負責保護妳。」

到底是甚麼原因要人保護自己？葉忻的心裡依然存有這個疑問。但是，眼前這個人卻讓她有種前所未有的安全感。那雙眼睛也好像在哪裡見過。一直迴避所有陌生人，但這個叫柳正

鉉的男子，為何好像很熟悉自己？我們認識的嗎？望著他的時候，心底裡就有種與他連結著的共鳴感。

「怎麼我不抗拒這個人……」

「跟我來吧。」柳正鉉伸出了右手，葉忻握著走下車廂，回過神來，始終也問了句：「為甚麼要我跟著你？」

沒猶豫半秒，柳正鉉立即答道：「因為待在我身邊就最安全。」

白在山與祝悠嘉走近二人。

白在山：「葉小姐，他是我的老闆，會慢慢跟妳解釋這一切的。」

祝悠嘉在葉忻的耳邊輕聲說：「就是跟妳買畫的人，想不到長得這麼好看。」

「那麼……」葉忻又問柳正鉉：「我們會去哪裡？」

他緊閉雙唇，不太想回答。

「在最危急的情況，要確保行蹤不會外洩，方法是只有自己知情。即使對身邊最信任的人也隻字不提。」

他的謹慎態度反而讓葉忻放心，不再質疑。

葉忻回頭跟白在山說：「請你也好好照顧她們。」

祝悠嘉與她緊抱了一會，便坐回車裡。

「那我們先走，保持聯絡。」白在山也與柳正鉉道別。

私家車駛走後，柳正鉉為葉忻戴上頭盔，便示意她上車。

柳正鉉啟動引擎前說了句：「抓緊我吧。」

首次乘坐摩托車的葉忻，在路程上害怕得緊閉雙眼。停車等待交通燈期間，柳正鉉輕輕說了句：「我是說抓緊我，而不是緊抱我。」

「你專心駕車！」葉忻聲音顫抖。

隨著車速加快，她也只能出盡全身氣力，環抱著柳正鉉的腰間。在轉彎的一刻，她的手再往下移了少許，柳正鉉立即著緊喊道：「葉忻！注意妳的手。」

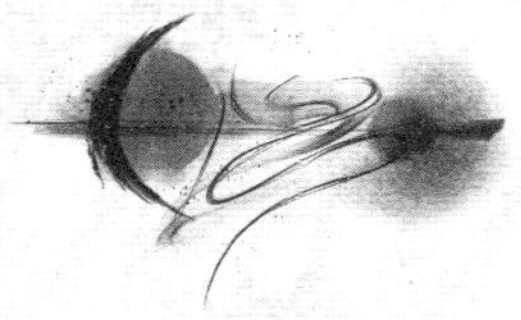

終於到達目的地。

柳正鉉把車停下：「可以放開我了？」

葉忻睜開眼睛，下車一刻，別說甚麼尷尬或曖昧，只頭暈目眩得想吐。

「你的駕駛技術很差，全程也不理會乘客感受。」

柳正鉉其實都心跳特快，才會緊張得不自覺的一直加速。

當兩人的狀況都稍為平伏後，葉忻發現自己正身處於機場。抬頭一望，就見到有飛機劃破長夜。

「我們要去哪裡？」她問。

「說過了，安全的地方。」他一邊答，一邊在車尾取出隨身包。

「別再重覆這句。」葉忻盯著他：「但不說也不要緊，反正你也帶不到我出國。」

「對其他人來說的確是。」柳正鉉從隨身包取出一本護照，遞向葉忻：「但要帶妳走，難不到我。」

護照上印著葉忻的照片，名字卻寫著「夏昕」。

「他沒理由知道我這個假名……」

就算是白在山於早上立即通知他，也無法一時三刻偽造護照吧？

「夏昕」這個名字，是她做第一份兼職時曾經用過的化名，往後迫著與人交流時也沿用過好幾次。除了「伊曼達」之外，柳正鉉擅自認為這是她最喜歡的假名，於是就印在護照上。

先不論他從何得知，葉忻這刻關心的是另一重點：「你要我用假護照？」

「純粹避免別人查到。」柳正鉉展示著另一本屬於他的護照，名字印上「白正山」：「我也不太喜歡這個名字，但也沒辦法，這時候也不能執著太多，對嗎？」

柳正鉉特地亂答，想讓她別再爭拗下去。

「想要保命，接下來跟從我的吩咐。無論發生令妳意想不到的情況，都請盡量表現得自然一點。」

他又遞給她一副太陽眼鏡和帽子，自己亦同樣戴上這兩件東西。

「……」葉忻的確已沒心力去理解因由，到了這個地步，也只能配合。

兩人猶如穿著情侶裝般。

「好吧。」

柳正鉉牽起葉忻的手，前往機場。

「由現在開始，我們是熱戀的情侶。」

葉忻望著被十指緊扣的手，這就是意想不到的情況嗎？突如其來的親暱行為，任她怎麼表現自然，也藏不住臉上的泛紅。

她有點責怪自己，為何會百分百信任及配合這個男人？連要去哪裡也不清楚，就默默的跟在他身旁，但在徬徨與不安之中，卻又漸漸萌生一份喜悅。

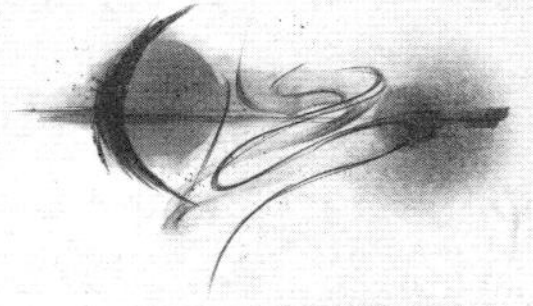

祝悠嘉的家裡。

她從睡房走出來。

白在山問：「圓圓睡著了嗎？」

她點點頭：「哄了一會。」

「抱歉，本來想給她一個難忘驚喜的生日……」白在山低著頭說。

「沒事。」但祝悠嘉表情憂慮：「她應該不太明白發生甚麼事……」

她想像平日一樣環抱白在山，卻又感到氣氛不對。當真的置身於危險之中，不是她想像中般「有你在身邊就不怕」，而白在山也似乎感受到她的熱情暫時冷卻。

「這段時間你就在這屋裡睡吧。」祝悠嘉提出。

白在山的家被炸，面臨死亡威脅，但應該沒甚麼人知道他與祝悠嘉的關係，對方也不是針對他而來。外面各處也有被發現的機會，留在祝悠嘉的家裡反而是最低調及安全的地方。他也能夠確保她們的安危。

祝悠嘉沒想那麼深入，純粹覺得只要見到對方，就不必互相記掛。

「謝謝妳。」白在山主動握起她的手，給了她一個緊抱。

白在山的手機響起。上司主動致電，想必是已查出重要的資訊要急切告訴他。他隨即走到最隱閉的角落接聽。

「在山，事情應該與『清洪幫』有關，我們得知洪伯恩與柳明俊計劃合作販毒，除了爆炸襲擊之外，多位三良幫的重要成員都已被殺死，包括胖爹。」

聽到這裡，白在山的心抽搐了一下。雖然胖爹曾經無惡不作，但也視白在山為半個兒子。即使本質上與他對立，但經過多年的相處，涉及複雜的情感，人非草木，誰屬無情？

上司似乎也感受到白在山的感受，沉默了一會再說：「你呢？有沒有查到甚麼資訊？知道柳正鉉的去向嗎？」

白在山突然想起柳正鉉說過的一句。

「在最危急的情況，要確保行蹤不會外洩，方法是只有自己知情。即使對身邊最信任的人也隻字不提。」

白在山斬釘截鐵的回答上司：「不清楚。」

上司只回應：「好。你自己小心，有事再聯絡。」

通話結束後，處於刑警組織會議室的上司，問身旁的下屬：「已得知白在山的位置？」

下屬點點頭，指著螢幕顯示的地點:「在這裡。」

上司轉向另外兩人說:「你們負責去監視他吧。」

上司眉頭深鎖，痛惜白在山已對自己有所保留。

白在山雖然特地隱瞞柳正鉉與葉忻的事，但即使他想告知胖爹被殺的消息，都已經無法聯絡柳正鉉。

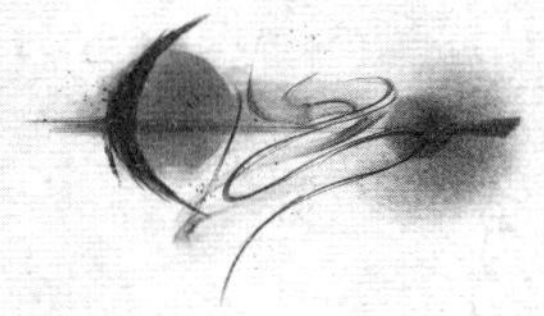

「……」

自踏入機場一刻，葉忻幾乎全程都震驚得無法說話，到底牽著自己的男人有多能耐？

先是通過貴賓專用的通道及專車抵達商用航空中心、待在一個私隱度極高的貴賓候機室，出境手續由地勤人員代為辦理，不用半小時便由本來乘坐的摩托車，轉眼就登上了一部……

私人飛機。

假護照一事，當然也沒被發現。

別說如此豪華的私人飛機，葉忻就連廉航都沒坐過，畢竟出國旅遊這回事根本不存在於她的世界。

對她人生遭遇瞭如指掌的柳正鉉，當然也了解她的想法，在飛機起飛前一刻，貼心卻又語帶諷刺的問：「會害怕嗎？但就算妳怎麼討厭我，現在也逃不出這裡了。」

葉忻依然沒開口，靜靜觀察著四周的環境，而柳正鉉則向空姐點了一杯酒。

一切準備就緒後，飛機開始向前移動，升到半空。葉忻被突如其來的離地感而緊張得閉眼。坐在她對面的柳正鉉多麼想走到她身旁擁著她。

直到飛機平穩地航行，葉忻雖然感到耳鳴，但也漸漸安定下來。

柳正鉉見狀，告訴她：「妳閉緊嘴巴，再捏著鼻子噴氣就會舒服點。」

葉忻照著做，左右耳朵噗一聲被打通，果然有效。

「要是妳肚餓便告訴我。」柳正鉉再說：「不過這裡沒有提供飯團。」

葉忻終於開口：「為甚麼你好像很清楚我的事？」

事已至此，命運已令兩人重遇，柳正鉉本來就打算毫無保留的跟她交代一切。

他從衣袋裡取出那張珍惜多年的畫紙，遞向葉忻，她一眼就認出了小時候親手畫的玫瑰。

柳正鉉沉重的問 :「妳還記得我嗎？」

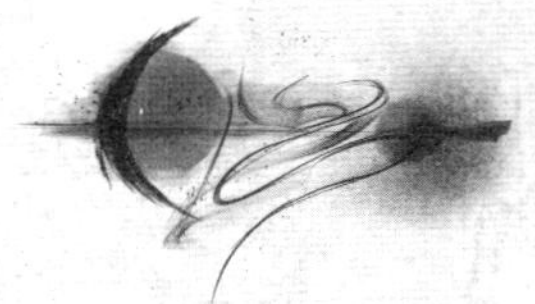

「柳正鉉到底是生是死！」

在柳正鉉家裡並沒發現他的屍體。

著緊這個男人生死的人，不只有白在山及刑警組織，還有柳明俊。他在地下貨倉裡憤慨地斥問手下們，毆了他們幾拳洩憤後 :「還不快點去打聽！」

另外兩人，心裡各有盤算的黃宇捷及洪伯恩也同樣在意柳正鉉。畢竟他是影響計劃成敗的關鍵。

先說洪伯恩。他一直對「三良幫」有私仇，卻一直無法報復，原因是對柳正鉉有所忌諱，先不論財力不及三良集團，若然起了衝突，洪伯恩沒信心能對付柳正鉉，於是多年來按兵不動，默默啞忍。但若然造成混亂後，接管的人是愚笨的柳明俊，他就毋須顧慮。而現在柳明俊更提供了一個裡應外合、能夠瓦解「三良幫」的機會，洪伯恩必然提供人力殺掉「三良幫」的人，清除敵對勢力。

黃宇捷就簡單得多，純粹為了葉忻而乘機除去柳正鉉這個潛在阻礙。

當然，全場對柳正鉉最為顧慮的人當然是柳明俊。先不論勾結洪伯恩販毒，他犯下弒父如此大逆不道的過失。萬一柳正鉉沒死，他就無法接管三良集團，更會遭到反擊。以他的能力，要與柳正鉉對抗，同樣很大機會慘敗。

本來三個人都以為能夠將仇敵除之而後快，坐享勢力與錢財，計劃卻出現了他們無法得知及預計的變數：白在山的刑警身分、他與祝悠嘉的戀情，甚至只是圓圓想去樂園慶祝生日，都有著微小但千絲萬縷的影響。

「你們別這麼緊張吧。」黃宇捷開口說：「我有方法查到他在哪裡。」

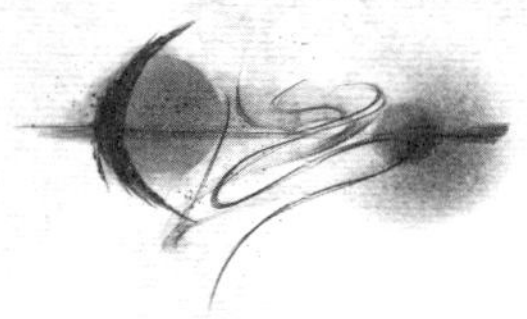

「妳還記得我嗎？這是妳在醫院裡畫給我的。」

葉忻凝視著手上的畫作——一朵燦爛綻放的玫瑰，那是她自懂得畫畫後最愛的圖案，已重重覆覆畫過無數遍。當時的這朵玫瑰仍充滿童真，還未腐爛成憂鬱的藍玫瑰。

她在腦裡翻找著不願記起的回憶。豪華機艙的窗外漆黑一片，長夜襯托出合適聊天的氛圍。

葉忻在小時候因為那宗意外而留院。

「肇事司機姓柳……」

她腦裡閃過新聞報道的聲音……玫瑰畫作……柳姓男子……醫院……

柳正鉉察覺到她臉色一沉，低頭沉吟：「妳似乎記起了。」

「你叫柳……正鉉，即是那位司機的兒子……」葉忻望著他說，神色依然哀傷。

兩人一瞬間陷入寂靜。

對柳正鉉來說，當年的畫面歷歷在目，他沒有迫自己忘記那宗讓他得知自己出身於黑道家族的意外，更在長大後慢慢回塑過去才能理解事情發展。

關乎一對父子及另一對父女。

十歲的柳正鉉當日不知道父親突然被人追殺，所以車子突然加速到時速一百八十公里時，他害怕得大呼小叫，不停叫爸爸停車。柳父左顧右盼，無法分心處理兒子失控的情緒，被後車連環追撞後，失控衝上行人路。

八歲的葉忻當日嚷著要父親帶她出門逛逛，自從母親離世後，父親就很少帶她外出，只會在深夜時分獨自外出。那天葉父破例牽著她去餐廳吃飯，突然間一輛私家車從側面駛來，攔腰撞向葉父。只差一點點，葉忻也會死去，但就在車子撞過來的一瞬間，葉父推走了葉忻。

柳正鉉與葉忻的父親同樣當場死亡，至於兩位驚魂未定的小孩則被送到醫院。

黑道老大撞死人，新聞理應會鋪天蓋地報道。

但後來大眾的焦點，卻落在葉忻的父親——葉一雄身上。

這個名字，隨意在網絡上都會搜尋到大量資料，不時成為節目的話題，尤其是那些探討城市懸案的獵奇頻道。

【隱身市井的惡魔！連環殺手命喪車輪下】

【連環血案終告破，兇手竟死於一場尋常車禍！】

【天網恢恢？連環殺人犯車禍喪命，驚人身分隨之曝光！】

【車禍亡者，竟是殺人魔！揭開連環血案真相！】

這些嘩眾取寵的標題，在多年後慢慢發展成：

【父債陰影下的囚徒！殺人魔女兒遭全民審判】

【生而為「兇手之女」：一場永不落幕的公開處刑】

【烙印難消！她背負父罪，在冷眼與追討中獨行】

猶如柳正鉉得知自己出身於黑道家族，葉忻在成長期間，慢慢意識到父親是連環殺人魔，而第一個被他奪去性命的人正是他的妻子，葉忻之母。

一宗又一宗命案本來令警方束手無策，葉一雄卻因為這宗交通意外而被揭發兇徒身分。

葉忻被送到孤兒院後，從此背負著父親的罪孽。

殺人魔之女，當然沒有任何家庭願意收養。在孤兒院亦受其他小孩排斥，只有祝悠嘉願意成為她的朋友，更視她為親生妹妹般。

最讓葉忻痛苦的是，這麼多年來都遭到受害者家屬追查行蹤，先是聘請私家偵探查出住所，再聘請各種怪人騷擾她的生活，有種「我的親人被殺死了，妳也不能過得好」的復仇心態。

長大後踏入社會，網絡興起，對她感到興趣的人更擴展到素未謀面的網民。葉忻的資料及照片，不時都會被公開。一些壞心腸的老闆及同事，一知道她就是葉一雄的女兒，更會主動在網絡上發佈消息。

哪怕是購買新衣服、去餐廳吃飯、看電影、逛精品店……都會受到批評及辱罵。這些情況直到她現在二十八歲時仍未減退，只是她慢慢習慣畢生背負著父親帶來的沉重包袱。就連喜歡作畫，也只能匿名發佈。

「我想要杯水。」葉忻迴避柳正鉉的眼神。

柳正鉉跟空姐示意後，再問葉忻：「妳沒預料過會再見到我吧？」

葉忻喝了杯水後問：「還是我該問你是怎樣找到我？」

柳正鉉小時候在醫院見到葉忻，並不知道大家的情況，純粹是遇到一位可愛的小妹妹，接收了她送的畫。後來，他被胖爹接走後，就開始為接管黑道集團生意而受訓，無論是在身體操練或是學習知識，生命都恍如被定形，沒有改變的餘地。

「若然那場意外沒有發生，現在會否過著不同的生活？」

這條問題經常浮現於他的腦袋，而他覺得當日那宗悲劇的另一生還者，或許會與他有同樣的感受。直至葉忻的身分被大眾追查，柳正鉉開始對她感到好奇、同情以及憐憫，由默默關注演變成默默守護。要不是黃宇捷的出現，柳正鉉也不會走到葉忻面前，叫她跟隨自己走。

同樣得知父親殺人如麻、同樣背負著罪孽、同樣過著不見天日的人生……

「互相救贖吧。」

柳正鉉以這句莫名的說話回答葉忻的問題。

「我想妳可以過著像樣的生活，如一個普通人的存在，過自己想要的人生。這也是我所盼望的。」

葉忻對於他的出現起初就有著不尋常的信任，得知他是誰人後，也沒半點反感，只要與他對上眼時，就看得出他的眼神空洞得失去靈魂。那是她照著鏡子時同樣感受到的無力感。

柳正鉉續說：「就像妳手上的玫瑰再綻放一次。」

葉忻再次低頭凝望著玫瑰畫作。

「再綻放一次？」

人生多年來的沉鬱不會因著一句説話而改變，卻可以因為一個人的出現而在剎那間被填補。

柳正鉉以堅定的表情注視著陷入沉思的葉忻説：「也只有妳能夠將我從深淵拉起。所以，請妳答應與我互相救贖。」

最終章 /
黯戀

正在航行的飛機外，夜空逐漸變成綠色的海。

已是清晨時分。

與葉忻詳談過後，柳正鉉閉目養神，而她在不知不覺間睡著。畢竟接收了這麼多資訊，也要讓腦袋稍作休息。

「白先生。」空姐走近柳正鉉開口。

一時間他也忘記自己用了假名。空姐跟「白先生」說飛機將要降落，不久後就會抵達目的地。

一向失眠的葉忻竟在這個華麗的機艙裡睡得口水直流。看來她在柳正鉉面前過分安心。

飛機下降的擺動讓她醒了過來，陽光剛好打在她的臉上，讓她只能半睜開眼睛，但她似乎也察覺到自己失儀，馬上坐好及抹抹嘴角。當她偷看柳正鉉有沒有發現時，他隨即將視線移到窗外，裝作甚麼都看不到。

葉忻沿著柳正鉉的目光望去，只見一大片翠綠的海以及整齊排列的小屋。

「到底我們要去哪裡……」

自上機的一刻，她也沒問過柳正鉉目的地。

空姐經過時，柳正鉉特地握起葉忻的手：「希望妳喜歡這次驚喜的旅程，我也是第一次來到馬爾代夫，真讓人期待。」

通常黑道人士逃命都是躲藏於環境惡劣的地方，但柳正鉉卻帶著葉忻去了度蜜月的勝地。正因為讓人意想不到，敵人們也不容易查出下落。只要若無其事的裝成普通情侶，島上的陌生人也不會認出自己。

這是一個理智的決定，而不是葉忻心裡所想：***「這個男人……又會說類似『沒有事能夠難到我』的自大說話。」***

對首次出國的葉忻來說，這個目的地的風景實在太令人嘆為觀止。但還是別顯得太驚訝，以免讓他感到自滿。

「祝你們旅程甜蜜愉快。」空姐笑著跟步出機艙的他們說。

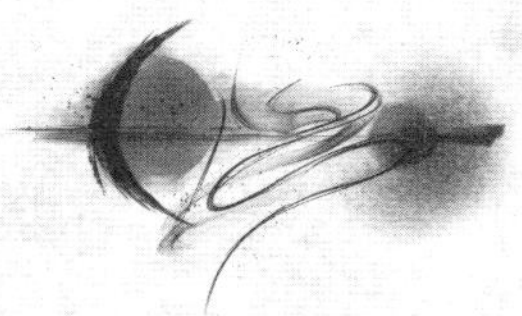

辦好手續，再由專屬的水上飛機接送。葉忻只顧觀賞著珊瑚礁。短時間，兩人已抵達入住的水上屋。

其實柳正鉉所涉及的生意還包括旅遊服務以及酒店經營，

但這次為了低調行事，就不以社長的身分入住旗下的酒店。雖說如此，他預訂的水上屋已是極為奢華。

柳正鉉打開大門，與葉忻走進以木色調為主的屋內。

「怎麼樣？喜歡嗎？」柳正鉉坐到廳中央的圓梳化。

還可以怎麼樣？洗手間已經比自己的蝸居更大，葉忻唯有答他：「就算不喜歡又怎樣？難道換另一間嗎？」

柳正鉉沉默。原因是他為安全起見，把左右幾間水上屋都一併預訂，不想有人靠近。但他不會說出來，因為要確保自己與葉忻留在同一間屋裡。

「妳慢慢參觀吧，那些妳用慣的日用品全都為妳準備好。衫褲鞋襪則很抱歉，就穿這裡提供的休閒服飾吧。我也會穿得跟妳一樣。」

「……所以，我要跟你睡在同一間屋內？」葉忻板著臉問：「會不會其實你口中所講的危險是你？」

柳正鉉笑了笑：「無論怎麼看上去，都是我較危險吧？」

反正這間屋的面積超過四千尺，已經無法如常定義處於同一屋裡，所以葉忻也沒再反駁下去。倒是兩人平日都不太說話，卻有種想跟對方鬥嘴的感覺，頗覺樂趣。

在寧靜的瞬間，柳正鉉望向前方那片無際的海景，彷彿有一刻忘掉了來到這裡是為了躲避潛在的殺機。腦海裡依然有很多無法有邏輯地拼湊的線索：

紅油命案、黃宇捷為何靠近葉忻、現在更要思考為何三良集團會被突襲……

「如果現在真的是與她無憂無慮來度假就好了。」

葉忻已經換上那件印上「I Love Maldives」的遊客T恤及闊腳休閒褲。柳正鉉見狀，禁不住笑了起來，也當著她面前換了同款T恤。

「妳應該肚餓吧？」柳正鉉邊說邊指向飯廳：「我叫人準備一下。」

葉忻仍未參觀完整間屋，邊走邊驚嘆：「喔……地板竟然是玻璃，還可以見到魚游過。」

或許是不用顧慮會被受害者家屬跟蹤及監視，葉忻在這一刻能隨心隨意的生活著。

「還可以躺在床上打開屋頂望著藍天白雲！啊……我會不會已經無法過回之前的日子？」

祝您嘉家裡。

徹夜無眠的白在山躺在床上，心情矛盾的望著手機，腦海浮現柳正鉉的一句說話。

「我能夠信任你嗎？」

柳正鉉的假護照是由白在山負責，用行動證明了對他的信任。他手握兩人的出入境資料，只要命刑警組織代為調查，就能得知他們身處於何地，但同時或會讓他們陷入險境。

他不斷說服自己，在目前情況，柳正鉉並非罪犯而是受害者，實在沒必要向上司報告柳正鉉的計劃。

暫時只能夠像個廢人般躲在屋裡，白在山對自己的無能感到憤慨。

幸好他沒有衝動外出，否則會被已在監視祝悠嘉的黃宇捷發現。

黃宇捷的最新計劃是，由葉忻的最好朋友入手追查。

他並不知道白在山的存在，純粹覺得葉忻最先會聯絡的人是祝悠嘉。

「……我們能吃得完嗎？」

水上屋的管家放下了數十碟不同國家的菜式，讓葉忻望著飯桌愣住。其中一碟還是日式飯團，但看上去比便利店賣的好吃得多。

待管家走後，柳正鉉並沒有說話，而是把一碟碟菜式放到較近葉忻的位置，再為她倒了杯飲料，接著才開口：「在這裡沒有人會怪責妳吃得太好，請妳當甚麼人都不存在，放鬆心情盡情的大吃一頓。」

柳正鉉坐回自己的座位。

起初葉忻只是一小口像試菜般吃著，但柳正鉉卻不顧儀態地狼吞虎嚥，將一大塊牛扒放進口裡，然後望著葉忻笑了笑。被他所影響，葉忻也不管眼前的是甚麼菜式，該怎麼吃法或甜酸苦辣的次序等等……只顧盡情的吃著，愈來愈快，也愈來愈大口。兩個人就像在競賽一樣。

望到葉忻忘形的吃相，柳正鉉又禁不住低著頭微笑，為著她終於可以好好吃一頓飯而感到安慰。

不過是進食這個簡單平常的行為，卻花了他們十多年時間，才能換來一次不是為了維持生命的吞嚥，而是享受味蕾帶來的滿足。

葉忻拿起了碟上一個飯團，在放進口前停了下來，將飯團分開兩半，將其中一半遞向柳正鉉。明明枱上還有吃不完的食物，但柳正鉉卻接了過來，那是她傳遞的心意，唯獨他能明白她平日只吃飯團的辛酸。這刻，兩個人緩緩的吃著，幾乎每一口都只吃進幾粒米。

飯後，畢竟不是來旅遊，兩人沒有四處遊覽或浮潛，只待在屋前的露台，躺在長椅上一直望著天與海。

「我們會留在這裡多久？」葉忻問後，閉上了眼感受著迎面吹來的涼風。

「至少幾天吧？我也不肯定，稍後我會聯絡白在山問問情況。」柳正鉉突然想起：「為甚麼他會跟妳們在一起？」

「啊？還以為你們關係很好。」葉忻答：「他是祝悠嘉男朋友嘛！」

「……」柳正鉉無言：「難怪他這麼落力幫我買畫。」

「你對藝術很有研究嗎？」葉忻又問：「喜歡甚麼畫風？」

「不。」柳正鉉答：「我完全不懂藝術，也不太有耐性欣賞，只喜歡妳的畫。」

葉忻感到窩心，笑了笑：「那已經很有品味了。」

早上藍天白雲，夜裡星光燦爛。明明屋裡有多間睡房，柳正鉉卻問道：「我能睡在妳房間的角落嗎？我隨意搬一些被鋪過來睡在地上就可以，不會打擾到妳，也不會亂來。」

「為甚麼？」葉忻問。

「我不放心。」柳正鉉答。

葉忻再說：「有事我會大喊，你在隔壁的房間應該也會聽到吧？」

柳正鉉堅持：「那時候已經太遲了。妳是擔心我會做甚麼嗎？」

「對。」葉忻簡單的答。

「若然我真的要對妳做些甚麼，有必要待到晚上嗎？」柳正鉉讓步：「這樣吧，妳擔心我望到妳又睡到流口水，那我待在門口可以了？」

葉忻望一望，門口跟床鋪也有一段距離。

「但……不辛苦你嗎？明明有舒服的床可以睡。」

「我來這裡不是為了自己好好睡覺。」

「那好吧。」葉忻也不再堅持。

全屋的燈關上後，只有月光滲進房內。背靠著門口的葉忻在漆黑中說了一句：「謝謝。」

他隨即回應：「謝謝甚麼？」

葉忻：「謝謝你讓我吃到比平日好味的飯團。」

柳正鉉：「點了這麼多東西，原來妳只吃飯團就滿足。」

葉忻：「回去後有機會的話，我也請你吃一次。」

「三文魚飯團。」柳正鉉想也不想立即答：「謝謝。」

躲藏在馬爾代夫黑夜的寧靜裡，兩人閉上眼睛，也不知道誰先睡著。但偶爾的風吹草動或受夢境刺激，葉忻與柳正鉉各自都會在某些時分輪流睜開眼睛，轉身查看對方是否依舊安然無恙。如果醒來的時間稍為同步，他們的視線便會對上。

將近天光時，柳正鉉索性不再入眠。

他走出露台，感受了一會風平浪靜，接著拿出備用的手機，致電白在山。

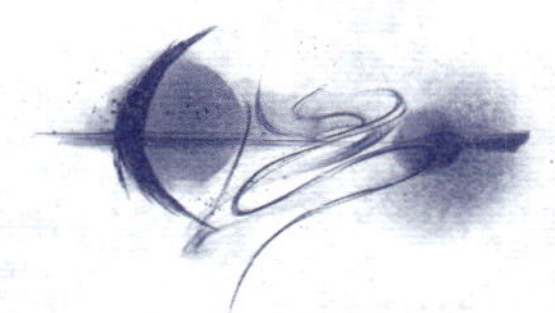

「你先別激動，我沒事。」柳正鉉在電話裡說。

白在山一接聽柳正鉉的來電，隨即著緊地問他們是否安全，聽到他說暫時一切安好才放心起來。

「那就好了。」柳正鉉笑說：「我還以為你已經查到我去了哪裡。」

白在山急忙澄清：「怎麼會！我不會擅自調查你，但有些最新情況要告訴你。你等一等，我先離開睡房。」

白在山先將胖爹的死訊告知柳正鉉，再交代從刑警組織調查得來的情報：一款藍色的新型藥丸類毒品已在市面上販賣，來源自柳明俊及洪伯恩。而「清洪幫」少了「三良幫」的牽制，已拉攏其他黑道合作，勢力愈來愈大。

三良集團所有合法生意依然正常運作，但柳明俊已開始安排人手重整內部架構。換言之，柳正鉉再不回來重掌一切，三良集團將會由柳明俊全權接管。

聽後，柳正鉉那邊又是一陣沉默。白在山禁不住問：「你還好嗎？」

幾秒後，柳正鉉不帶任何情緒的説著：「即是一切都是柳明俊及洪伯恩的所作所為。柳明俊這傢伙，連自己父親都不放過……據我所知，柳明俊一向沒跟任何毒販合作，你能調查一下藍色藥丸的來源嗎？」

白在山：「那你有甚麼打算？想回來嗎？」

柳正鉉：「等情況再清晰一點時，你幫我決定。你在那邊才知道我們到底安全與否。由你告訴我該否回來，現在我只能信任你了。」

白在山：「明白。還有甚麼要我做？」

柳正鉉：「再調查一下黃宇捷，即是住在葉忻對面單位的男人。還有……請你也保護自己。」

這時，祝悠嘉留意到白在山在講電話，衝了過來問：「是葉忻嗎？她還好嗎？她在哪裡喔？」

白在山示意叫她不要作聲，再跟柳正鉉説：「抱歉……我現在暫住別人的家。」

「我知道你們的戀情了，也不用瞞著我。」柳正鉉笑説，接著看到葉忻醒來，便跟白在山説：「就讓她們聊一會吧，心情會好一點。」

「最多聊十分鐘好了。」柳正鉉及白在山都將電話交給旁邊的女生，接著便是另一遍查問對方有沒有事的高分貝刺耳聲音。

三十分鐘後。

白在山強迫祝悠嘉掛線。

柳正鉉獨自望著大海嘆息。

「胖爹死了嗎⋯⋯」

這時候他的情緒才湧上來。雖然他不是自己的親生父親，也一直利用自己的才能，但他始終也是照顧自己成長的重要長輩。

「安息吧。我會讓三良集團重回正軌。」

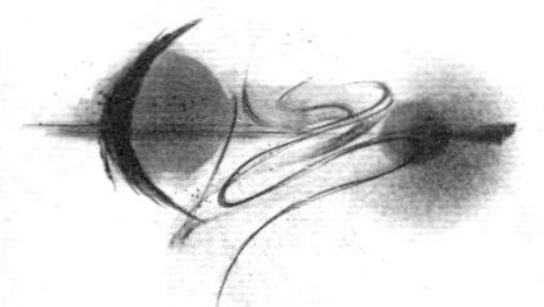

「嘖！你還說有方法找出柳正鉉，人呢？」

柳明俊又在地下貨倉裡發狂，責怪著黃宇捷，並且拿槍指著其中一名手下純粹裝腔作勢要殺人。

黃宇捷懶理柳明俊的情緒。他監視祝悠嘉一段時間並非一無所獲，已見過白在山幾次出入於她的家裡，但不見葉忻及柳

正鉉的蹤影，推斷他們兩人待在一起，很有可能已經出國。

想到人生的唯一心儀對象待在柳正鉉身邊，他表面平靜的搶過柳明俊的手槍，想也不想就射向他的手下，只是子彈射偏了，嚇得命懸一線的手下腿軟的倒在地上，全身顫抖。

「……」柳明俊也猜不透黃宇捷。

「別試圖用你的智慧去評論我的做法。」黃宇捷：「現在你命令手下高調散佈已經找出柳正鉉的位置，讓人感覺你正在集結人手對付他。」

剎那間，黃宇捷甚具威嚴，柳明俊彷彿成了他的小混混。

「這樣做就會找到他了？」

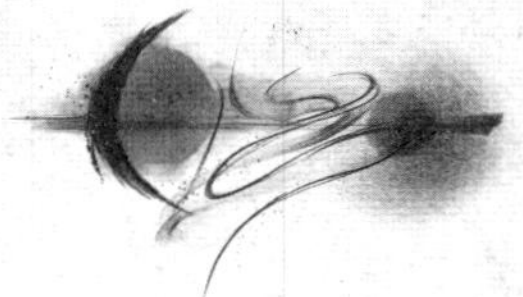

柳正鉉只穿著一條短褲，赤裸上身，在屋外的露天泳池暢泳，而葉忻則待在泳池旁邊觀賞海景。

這裡的風景總是讓人看不膩，而兩人經過了幾天的相處，已習慣二十四小時全天候待在對方身邊。雖然沒甚麼事可做，但也不覺得悶。

「妳有甚麼想做的事嗎？」柳正鉉游上了水面，靠在池邊問葉忻：「要是妳不用再過著那種心驚膽顫的生活，可以隨意行事。」

「回答你的話，你會取笑我嗎？」葉忻提高了聲線，以免他聽不到。

「若然妳可以讓我笑出來，是值得慶祝的壯舉。」柳正鉉特地板起臉：「說吧。」

「我會想去大學修讀藝術。」葉忻幻想著：「偶爾我會憧憬自己趕去上課差點遲到，下課後跟一班同學邊吃飯邊分享昨天看了甚麼電影、從圖書館裡捧著厚厚的教科書走出來、認真的研究畫作及寫論文，放學回家後逗一逗收養了幾年的貓。」

「我呢？就不抽點時間見我？妳真無情。」柳正鉉從泳池走出來。

「要是我過著這樣的人生，我們應該不會遇見吧？」葉忻反問：「那你回去後不接手三良集團的話，會想做甚麼？」

「抱歉，我不作無謂的幻想。」柳正鉉望著她答。

「哈！原來怕被取笑的人是你。」葉忻留意到幾顆水珠從他沾濕的頭髮一路滑到腹肌上。

柳正鉉預好時間，走進屋內拿出手機，每日約定與白在山交換狀況。

「不好了！」白在山第一句就擔憂的說：「柳明俊好像發現到你的位置。」

「是嗎？」柳正鉉倒是冷靜，試圖回想是否有洩露行蹤的機會，但執著於過往也沒意思，人來人往，沒有不透風的牆，早就要預料某天會被發現：「我會做好準備。」

「你要不要先回來或逃去另一個國家？」白在山問。

「這裡是最安全了。」柳正鉉心裡像有了計劃。

「對了。」白在山向柳正鉉交代他這幾天親自調查所得的結果：「關於黃宇捷，我知道他為何會接近葉忻了。他的父親是當年的連環兇殺案的受害者之一，被葉一雄所殺。」

黃宇捷，是其中一名受害者家屬。他是為了報復？

「而且，提供藍色藥丸給柳明俊的人，也是他。」

「我知道了。」柳正鉉：「你也做好準備吧。」

掛線後，柳正鉉立即拉下屋內所有窗簾，全屋隨即只有微弱光線滲進。

葉忻察覺到柳正鉉的神情變得嚴肅，問道：「發生甚麼事？」

柳正鉉回答：「我要去辦點事，妳留在這裡不要亂走。」

葉忻：「啊？我一個人留在這裡？」

就算對方要過來馬爾代夫，也不是一時三刻的事，柳正鉉安慰著她：「放心，我很快回來。」

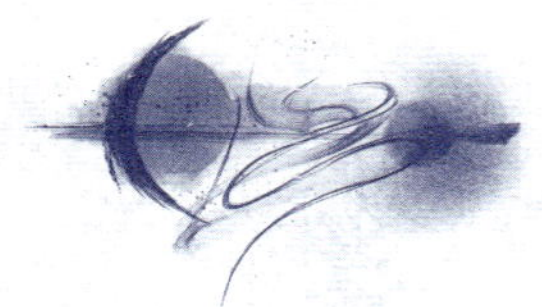

另一邊廂，雖然已是晚上，但白在山掛線後同樣準備外出。

「你去哪裡……？」祝悠嘉擔心的問。

白在山沒直接回答：「妳先哄圓圓睡覺吧，回來買甜品給妳。」

「嗯……」祝悠嘉也不能說些甚麼，只能目送他離開。

白在山住在她家的短短時間，讓她享受著三人的家庭樂，每次他出門時，她都會有種或許他不再回來的恐懼與擔憂。面對著未知的危機，她也不敢像平日放任地愛，而是變得收斂，很想在一切完結後，跳到白在山的身上，大聲撒嬌說我愛你。

白在山前往刑警組織的調查基地。

那是在某棟普通住宅內一個不起眼的單位，會不時搬遷以確保隱密。白在山在未經上司允許的情況下突然過來，變相會導致基地曝光，令刑警們陷入危機，所以組織裡的人見到他時，態度並不友善。

「你怎能夠擅自過來？要是你給別人發現身分，這麼多年的計劃就泡湯。」上司斥責白在山。

「柳正鉉或會被柳明俊追殺，但我們已經失去三良幫的援

助。」白在山解釋。

「所以？」另一個刑警問。

「能否安排人手護送他回來？」白在山低著頭說。

「我們不會輔助罪犯。」刑警答。

「閉嘴。」上司喝止著無禮的刑警，再走向白在山：「你清楚自己是站在哪一方嗎？」

即使是站在正義一方的人，也不過權衡著利弊。白在心深明組織當中的運作——提出交換條件。

「我知道藍色藥丸的來源，現在就可以帶你們過去。」

「啊？」

所有刑警隨即抬頭。藍色藥丸在市面上販賣猖獗，甚至在國際層面上亦備受關注。若然能夠搗破這宗毒品案，功勞甚大。

「條件是你們要確保柳正鉉安全。」白在山補充。

「我會安排。」上司改變了當初的強硬態度，轉向其他隊員：「五分鐘後出發。」

可惜的是，當白在山帶著他們闖進黃宇捷的家裡時，只剩得一間空屋。

失敗而回，條件還成立嗎？上司拍一拍白在山的肩膀：「再聯絡吧，別再擅自找我們了。」

無可奈何，白在山也只能離去，在回家路上買了祝悠嘉最愛吃的楊枝甘露。

抵達家門前，當他拿出鎖匙時，發現門被打開，屋內一片凌亂。

他急忙進內查看究竟，卻不見祝悠嘉的身影，但走到房間時，留意到衣櫃門半虛掩。

圓圓瑟縮的躲在衣櫃裡，望到白在山時才敢嗚咽地哭。

「發生甚麼事？」白在山問全身仍在顫抖的圓圓。

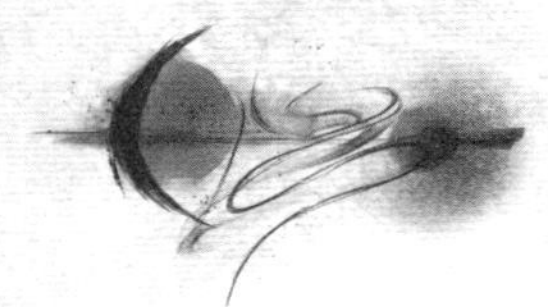

半小時前。

祝悠嘉聽到大門傳來聲音，滿心歡喜還以為白在山回來。怎料到只見一名身型龐大的巨漢破門而入，緊隨其後的還有兩個男人。

「躲在房裡別出來。」祝悠嘉叮囑圓圓：「無論任何情況都不要出聲。」

早有心理準備要面對危機，但她沒想過白在山會不在身邊。

巨漢在客廳搗亂，直至身材矮小的男人叫停了他。

「怪力，夠了。」

祝悠嘉當然不認識柳明俊及黃宇捷。若然她跟圓圓一起躲在房裡，被發現只是遲早的事。所以她決定獨自走出客廳。

「哦？」柳明俊色瞇瞇的看著祝悠嘉：「這就是白在山的女伴嗎？身材不錯。白在山這個人平日裝作正經，還不是喜歡大胸的。」

輪廓美如女生的黃宇捷則斯文地問：「祝小姐，妳好。我是葉忻的朋友，若然妳告訴我她身處哪裡，我保證不會傷害妳。」

平日可愛又傻傻的祝悠嘉收起笑臉，神情嚴肅得像白在山般，冷笑一下：「不知道。」

「她與柳正鉉在一起吧？」黃宇捷又問。

「我說，不知道。」祝悠嘉又答：「你聽不到？」

「好的，很高興認識妳。」黃宇捷微笑點頭：「但我幫不到妳了。」

柳明俊推開了黃宇捷，走近祝悠嘉，幾乎臉貼臉的打量她全身，然後往她的肚子揍了一拳，祝悠嘉隨即倒在地上。

「妳放心，妳這種貨色我看不上眼。」柳明俊蹲下身，扯著她的頭髮問：「講吧，柳正鉉去了哪裡？」

「不……不知道。」祝悠嘉依然口硬。

「小姐，如果是我身後那個傢伙揍妳，恐怕妳已經死了。」柳明俊：「最後機會，妳真的不說是吧？」

祝悠嘉緊閉雙唇。

「好，欣賞妳。」柳明俊抬一抬起下巴，示意「怪力」行動。

「怪力」向著祝悠嘉舉起拳頭，轟向她的太陽穴。

祝悠嘉只能閉起雙眼。

「停手！」

就在拳頭擊中她的前半秒，柳明俊又叫住「怪力」，令「怪力」一臉不爽。

「還是把她抓回去吧。」柳明俊轉身說：「就看看白在山是否像她一樣嘴硬。」

「怪力」將祝悠嘉抬在肩上。

黃宇捷在屋內搜尋一下線索，走進了睡房，留意到衣櫃裡有聲音。

「喔？」

他緩緩的打開衣櫃，眼前的小女孩一臉驚恐。黃宇捷的腦海也閃過小時候躲在衣櫃裡的畫面。當時，醉酒的父親不停叫喊著他的名字。

他向圓圓說：「抱歉，嚇倒了妳。」

外面的柳明俊喊道：「發現了甚麼嗎？」

「沒有！」黃宇捷把食指放到嘴唇上，示意她不要作聲：「沒事了，放心。」

黃宇捷轉身離開。

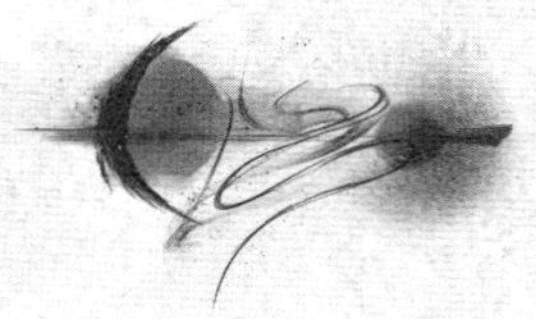

白在山無法得知整個過程，扶起圓圓步出客廳時，收到了匿名的視訊來電。

面有難色的他馬上接聽。

畫面裡，祝悠嘉被脫去上衣只穿著胸罩，臉現瘀青，被捆綁於椅子上。

接著是柳明俊對著鏡頭說話，他用槍指著祝悠嘉：「白在山，給你三秒時間決定她的生死，告訴我柳正鉉在哪裡，要是你說不知道或欺騙我，我就往她的頭上轟一槍。三、二……」

白在山清楚柳明俊的脾性，殺人不會猶豫，他只能屈服地低聲說出柳正鉉的藏身之地。

「他在馬爾代夫。」接著又說：「要是你傷害她，我不會放過你。」

柳明俊瘋笑了幾下：「See you there！」

他掛線了，白在山憤怒得沒法說話，只緊抱著圓圓，心裡想著先把她安頓好。

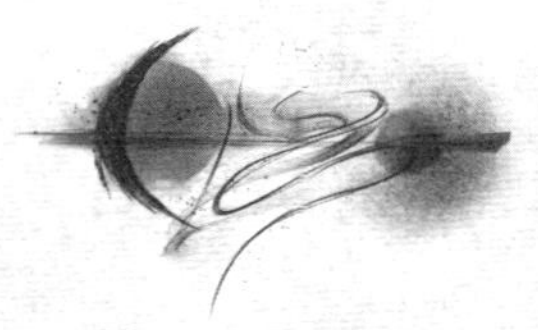

馬爾代夫的大屋裡。

柳正鉉獨自坐在梳化的正中央。

數小時前。

他辦理好事情後回到屋裡，便收到白在山的來電告知情況危急。接著他便安排葉忻搬到島上另一間大屋。

葉忻不明所以：「你不是說在我身邊保護我嗎？」

柳正鉉解釋：「我說的是保護妳，而不一定是在妳身邊。」

雖然明知道柳明俊將會過來，但柳正鉉也沒法即時離開，選擇正面應對，否則只會讓祝悠嘉及白在山代他受罪。

「也是時候做個了斷。」

島上對槍械管制非常嚴格，縱使柳正鉉坐擁黑道勢力，也只能運用人際網絡取得一把手槍，而他把手槍交給了葉忻旁身自保。

「我不懂用。」葉忻的第一反應。

柳正鉉有耐性的從後方握著她的手來作教學示範，距離近得能讓葉忻感受到他的心跳。

「必要時，就算不懂開槍也可以用來威嚇對方。」柳正鉉語重心長地說：「只要妳在另一間屋待到後天，我就能安排妳離開。」

就看柳明俊行動有多迅速。

「我何時要過去？」葉忻問。

「天亮時吧。」柳正鉉答：「今晚還是平安的，妳放心睡吧。」

「那麼……」葉忻正眼望著柳正鉉：「你別睡在地板上了。」

「睡哪？」柳正鉉也回望葉忻。

「我旁邊吧。」葉忻：「但你別想太多，只想你也能好好睡一覺。」

柳正鉉沒有拒絕。他們各自梳洗後，葉忻已睡在床上。柳正鉉關上燈後先坐在床邊，再過一會，才戰戰兢兢的躺下去。在可能是最後一晚互相陪伴的漆黑裡，他們內心有著說不盡的千言萬語，很想再有機會與對方傾訴。

「柳正鉉。」

葉忻是先開口的一個：「一直以來，我的心裡都像有根無法拔出的刺，傷口變得愈來愈深，但你的出現讓我慢慢不再在意這根刺，或許這就是得知世上還有人懂自己的欣慰。對於過去，因為你的不介意，我也不再在意。」

「我沒想這麼多。」柳正鉉也吐出心聲：「只有關於妳的一切才值得我在意。過去是，現在是，將來也是。」

「我能夠擁抱你嗎？」葉忻問。

「嗯。」

兩人由背對背的姿態，慢慢轉過身子對視著。葉忻緊抱了他一下：「你要沒事。」

柳正鉉回應：「別擔心。」

天亮以後，柳正鉉護送葉忻去了另一間位置較後的水上屋，便獨個兒靜候著危機降臨。

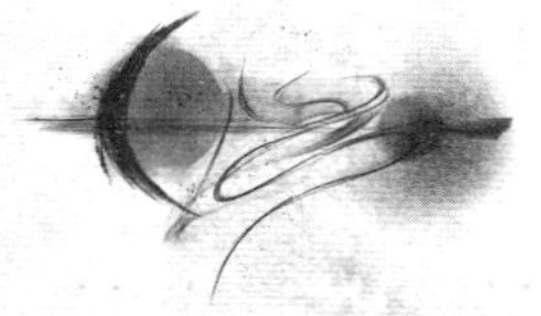

再過了好一段時間，一直處於戒備狀態的柳正鉉凝望著門口，像預知般感到有人靠近。

對方也肆無忌憚，不擔心被發現的，大聲踏步走近。

「進來吧，門沒鎖的。」柳正鉉大聲喊著。

但門還是被粗暴的踢開。

「柳正鉉！」

柳明俊的聲音首先傳來，及後是他與「怪力」二人的身影。要在短時間趕過來，他們必然只能依據正途入境，不必擔心他準備了大量軍火。最壞情況，也只可能成功偷運一兩把手槍。只是，柳明俊明知自己擁有殺傷力媲美手槍的武器「怪力」，也不會冒不必要的風險。

況且，他要親眼目睹柳正鉉被折磨至死。

「幸好你還活著，我多麼擔心你。」

「別說廢話了，若然你的能力只夠躲在旁邊，就閉嘴看戲吧。」

柳正鉉站了起來鬆鬆筋骨。

「怪力」像一頭嗜血的猛獸，冒出青筋，等待著殺戮。

柳明俊如常的一聲令下，他便失去理智般向前衝去。

「唉，要是可以選擇，我寧願躲避子彈。」柳正鉉苦笑。

在這個度假天堂、蜜月勝地，風景壯麗的地方成為了他們拳來腳往的激戰場地。

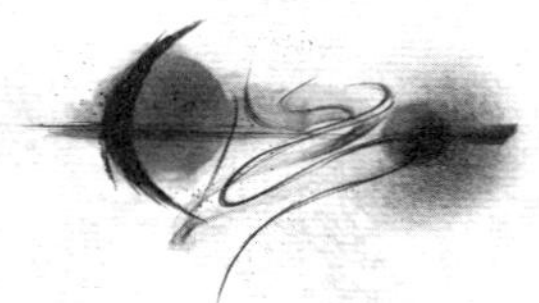

與柳明俊同行的人，不只是「怪力」，還有黃宇捷以及被抓住當人質的祝悠嘉。

他們一到埗後，便兵分兩路去尋找柳正鉉及葉忻。柳明俊先找到柳正鉉，而另一邊廂，黃宇捷則找出了葉忻。

黃宇捷威迫負傷的祝悠嘉在門口喊叫葉忻，葉忻不虞有詐，冷不提防地開門。葉忻驚見祝悠嘉滿臉瘀青，滿身傷痕，狀態虛弱。

「妳沒事嘛⋯⋯！？怎麼了！」

「小心⋯⋯」

祝悠嘉的話還未說完，黃宇捷隨即現身。

「葉忻，妳好，怎麼妳跑到這裡了？」

「⋯⋯？」

葉忻不明現狀，住在對面的男人，怎麼會站在水上屋的門前？

黃宇捷挾持著祝悠嘉走到屋內。

「很感動對吧。跟蹤了妳這麼多年，就算妳躲到馬爾代夫，也阻不到我找到妳，算是很有誠意了。」

「你……到底是甚麼人？是你打傷祝悠嘉？」

「我怎麼會做出這麼沒男士風度的行為？」

黃宇捷把被捆綁手腳的祝悠嘉推倒一旁，她已經沒有利用價值。而葉忻趁機拿出手槍，指嚇著黃宇捷。

「哦？」黃宇捷的表情完全沒絲毫懼怕，還興奮的笑起來：「果然是連環殺人犯葉一雄的女兒，他將我的爸爸殺死，妳也要殺我嗎？」

黃宇捷愈走愈近，快要走到額頭貼著槍口的距離。

「我就是喜歡妳身上流著殺人犯的血脈。要是死在妳的手上也有種淒美。」

被黃宇捷的反應及說話嚇倒，本來已不太懂開槍的葉忻也無法扣下扳機射出子彈。

就在葉忻遲疑的一瞬間，黃宇捷把槍奪了過來。

「放心，我絕對不會傷害妳。只要等到他們殺死柳正鉉，我就會帶妳回去。」

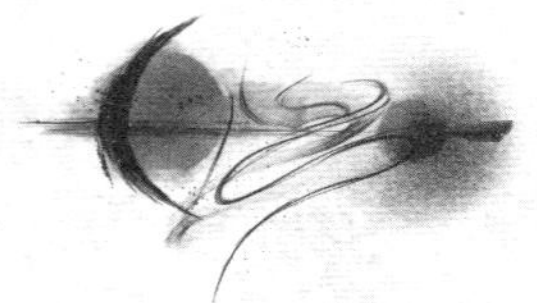

整間水上屋因著柳正鉉與「怪力」的打鬥而變得頹垣敗壁。

「怪力」每一拳都花盡氣力轟出，打在牆上頓時會開出一個洞。儘管他的指骨亦會破損流血，但他臉不改容，不減絲毫殺意。柳正鉉被擊中了幾次，已經虛弱得喘著氣。

「怪力」自小因為相貌怪異，被身邊的人嘲弄及排斥，就連父母看著他的眼神都是一臉嫌棄。

不夠品學兼優，身處於水平較差的學校裡，都是一些會欺凌他的「同學」，直至他運用與生俱來的巨大力氣還擊，讓他知道絕對的暴力與壓倒性的力量，是他能夠保護自己的優勢。

柳明俊以欣賞及佩服的目光看待他，招攬他成為得力手下，才讓他首次感受到人間的善意。柳明俊也不只會利用「怪力」做武器，在日常生活中，也會特別優待「怪力」，讓他決心賣命。

再次被擊中的柳正鉉倒地，只要再中一拳，應該性命不保。

「是時候跟你說再見了，柳正鉉。」在旁一邊抽煙一邊觀看的柳明俊嘴角上揚的說。

「怪力」再次舉起拳頭，向下轟去。

「……？」

後方有一道力拉扯著「怪力」。

柳正鉉站了起來，望到「怪力」身後的男子，抹去嘴角的血，笑了一笑。

「你也太遲了，怎麼現在才趕到。」

白在山用雙手拉著「怪力」的手臂。

「你還挺得住嘛？」

「嗯。」

白在山突然出現，讓柳明俊感到詫異。「怪力」雖然力量強大，但敵不過柳正鉉與白在山兩人的默契。反應較為遲鈍的「怪力」接二連三被他們的拳腳擊中，更因為從額上流出的血滲進了眼睛而變得視力模糊。

柳正鉉不留情面地往他的眼球揮拳，而白在山接著猛擊他的下顎。

旁邊的柳明俊只能望著這位得力助手倒地暈去。

柳正鉉終於能喘口氣，但白在山卻激動地扯著柳明俊的衣領問：「祝悠嘉呢？」

柳明俊起初懶懶閒地答不清楚，但當白在山流露著殺意揍了他幾下後，他隨即害怕得說：「在附近吧……他負責找其他人……」

「他？」

柳正鉉立即想到：「黃宇捷，他去了找葉忻！」

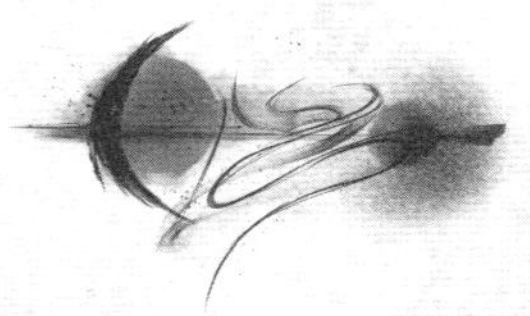

打鬥以外的另一邊，是思緒上的衝擊。

當葉忻得知黃宇捷是被害者家屬時，遲疑了開槍，更被黃宇捷搶去了她手上的槍。

「真的不明白妳為何會跟著那個跟蹤狂過來。他有甚麼資格接近妳？如果妳覺得我變態，他比我更變態吧？況且，他爸爸是撞死妳爸爸的兇手，令到世界少了一位英雄！」

「英雄……？」葉忻聽不懂。

「如果不是妳爸爸殺掉那些惡人，世界會是多麼醜陋，我現在也無法站在這裡。」黃宇捷述說著被父親虐打的過往。因為葉一雄的出現，殺死了他那酗酒、有暴力傾向的父親，讓他終於不用躲在衣櫃裡擔驚受怕。

他形容，當時望著地上的鮮血，覺得那是最美好的景象，恨不得奄奄一息的父親全身是血。黃宇捷也有過殺人的衝動，可是總下不了手，最多只能擊暈在暗角虐貓的癮君子。

「但我無法像妳父親般勇敢。」

「……」葉忻無法回話，但她深信只要再拖久一點，柳正鉉就會過來拯救她們，於是她問：「所以……你一直接近我，不是為了報復？」

「只要我們結婚。」黃宇捷再說：「就可以延續妳父親的血脈。妳體內流著他的血，也會有殺人的衝動吧？剛才不是想殺死我嗎？我們生了小孩之後，就可以培育他成為另一位英雄，清除那些不應該存在的人。我們可以令世界變得更美好，我會讓妳幸福的。」

「真夠變態……」待在一旁的祝悠嘉禁不住說。

黃宇捷對她的態度可不如葉忻般容忍及溫柔，立即便走過去賞了她一巴掌。

「停手。」葉忻：「如果你想我喜歡你，就別傷害我的朋友。」

「也對。」黃宇捷為祝悠嘉抹去嘴角的血：「她的確待妳如妹妹，不像那些曾經欺負過妳的人。」

「誰……？」為了拖延時間，葉忻續問：「我也記不起你說的是誰。」

「妳記得曾經到一間補習社兼職教畫，但被那位老闆發現妳是殺人犯的女兒，然後他立即辭退了妳？」

「嗯……」

「後來，他還將妳的資料公開，害得妳又要搬家。」黃宇捷：「他與那些同樣傷害過妳的人，我都叫人把他們殺死了。離開這裡之後，我再慢慢殺掉其他糾纏著妳的人，那麼妳就可以自由自在生活，不用一整天都躲在家裡不敢外出。」

說到這裡，大門突然被踢開。柳正鉉與白在山終於趕到。白在山立即扶起祝悠嘉。

「怎麼你們總要礙事……？」

黃宇捷立即挾持著葉忻，用槍指著她的頭。他在葉忻的耳邊輕聲說：「只要妳配合，我也不會傷害妳。」

兩人剛剛跟「怪力」激戰後，雖然還有氣力應付瘦削而不擅戰的黃宇捷，但他手上有槍，所以也不能衝動行事。

「你想怎樣？」柳正鉉說：「在這裡我們誰生誰死也逃走不了。那兩個支持你的人已經事敗，只剩你一個。我相信你能夠判斷現況，讓大家平安回去吧。我們的事之後再解決？」

「你只想騙我放下槍吧？」黃宇捷也不算太慌亂。

「不。」柳正鉉繼續說服：「嚴格來說，我們的目標也稱得上一致，就是保護現在被你挾持的葉忻。我保證不會追究，只要你願意不傷害大家。」

黃宇捷思考著。

但當場面似乎平靜下來時，門外又傳出腳步聲。

刑警組織開門闖進。

「你們別動！」白在山的上司喊著。

這班裝備齊全的刑警到場，讓屋內本來逐漸緩和的氣氛又突然緊張起來。在他們的眼裡，柳正鉉及黃宇捷都是罪犯。全部刑警都舉起了槍指向兩人。

白在山見狀：「你們別亂來，事情差不多解決了。」

另一位刑警：「在這裡你無資格出聲。」

白在山的上司對著黃宇捷說：「放下槍吧。」

柳正鉉雖然不明白為何白在山會與這班人溝通，但情況受他們所控並非壞事，主動舉手表示：「我願意配合你們，身上也沒有任何武器。」

黃宇捷卻沒那麼平靜，他深知道刑警為著他販毒的事而來，激動得粗暴地勒著葉忻的頸，槍口並沒有離開過她的頭顱。

「你逃不了的。」上司繼續威迫。

黃宇捷已退到無路可走。他忽然用槍指著白在山，說：「柳正鉉，你不知道他一直為刑警做臥底吧？只怪這個人太多事，害我們無法好好解決事情。」

上司不理會他們之間的衝突，繼續舉槍指嚇警告：「你投降吧。」

黃宇捷感慨地露出深邃的媚笑。

他推開葉忻後，扣下了板機，往不同的方向亂開了幾槍。某些人蹲下來，某些人則左右迴避，而好幾個刑警則開槍反擊。

黃宇捷隨即命中多槍，從露台躍出。

柳正鉉立即上前扶著葉忻：「妳沒事吧？」

葉忻搖搖頭。

但另一旁卻傳來白在山緊張的聲音：「快點救人！」

在剛才千鈞一髮、亂槍掃射的一刻，祝悠嘉在迎來子彈的前一刻，擋在白在山前面。

子彈射中她的心臟。

「你們快點救她。」白在山向刑警說。刑警們聯絡島上的救傷隊為她進行急救，但心臟被射傷，簡單的救護根本徒勞無功。

「妳堅持著。」白在山緊握著她的手。

倒地後的她碎碎念著甚麼，白在山靠近她的嘴邊。

在祝悠嘉閉上眼前，笑著說了句我愛你，卻已經沒氣力像平常般興奮雀躍的叫他一聲：「小白」。在她的腦海裡，她還是一下子跳到白在山的身上，環抱著他。

急救隊趕到，馬上運送祝悠嘉到島上的臨時醫院。

白在山瞪了上司與刑警們一眼，便跟隨急救隊離去。

柳正鉉與葉忻本想一同前往，卻被刑警鎖上手銬。

「請問我有犯甚麼事嗎？我也是受害人，她更加是被挾持。」

白在山的上司在他面前說了句：「用假護照出境算吧？」

刑警押送柳正鉉與葉忻離去，被搶救中的祝悠嘉生死未卜。

馬爾代夫依然藍天白雲，而某片翠綠的海水，被飄浮於水面的黃宇捷染成一片血紅。

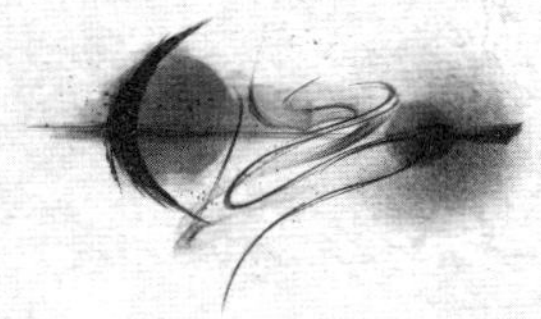

隨著藍色藥丸的製作者死亡，癮君子又改為吸食其他毒品，橫街窄巷裡依舊烏煙瘴氣。

「清洪幫」的洪伯恩錯失收入來源，起初嘗試命人仿製藥丸，試圖魚目混珠，但城市裡突然出現不少人在服食藍色藥丸後死亡的事件。

藥丸起初會帶來強烈快感，令人禁不住上癮而愈吃愈多。毒素在體內累積到某個劑量就會暴斃。

那是黃宇捷為報復酗酒吸毒的父親而計劃多年，為了世界更美好而清除不應再活著的人。

藥癮甚深的柳明俊是其中一名死者。

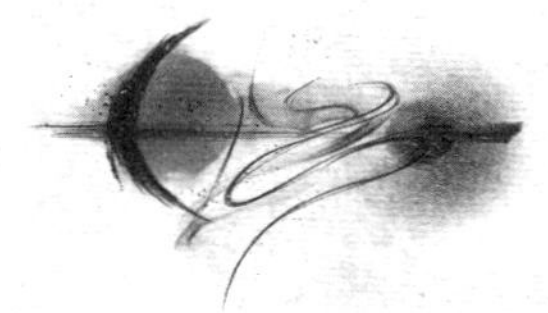

「你能放過柳正鉉嗎？」

刑警組織裡，滿臉哀愁的白在山問上司：「如果我將三良集團其他人的罪證交出，換來柳正鉉的自由，你能答應嗎？就當……還我一個人情。」

「任務結束後，你有甚麼打算？」上司先反問。

「我有很多事要先處理。」白在山答。

「你先將資料交給我，我審視一下再回覆你。」上司續說：「但應該沒問題的，這是我對你的承諾。」

「好。」白在山低聲回答，沒望過其他人，便轉身離去。

上司望著他沉鬱的背影，叫住了他：「等等。」

「嗯？」

「節哀順變。」

白在山木無表情，眼神如死灰。

他離開刑警組織密室後，駕車前往學校，與其他家長混在

一起等候，直至圓圓從校園裡出來。

他牽著圓圓說：「肚餓嗎？要不要去買甜品回家？」

圓圓點點頭：「好啊，小白。」

走了幾步，圓圓又問：「要不要問問媽媽何時完成工作回來？會是今天嗎？那麼要買她喜歡的楊枝甘露。」

白在山微笑回答：「她很忙，沒這麼快，暫時先由我照顧妳吧。」

他仍不敢向這位已經失去父親的小妹妹說，媽媽在馬爾代夫送往搶救途中已經離世。

他的腦海不時浮現祝悠嘉那一句：「*有事發生時，你會保護我嗎？*」

但結果，是她保護了自己。

他也兌現承諾，會一直留在圓圓身邊。

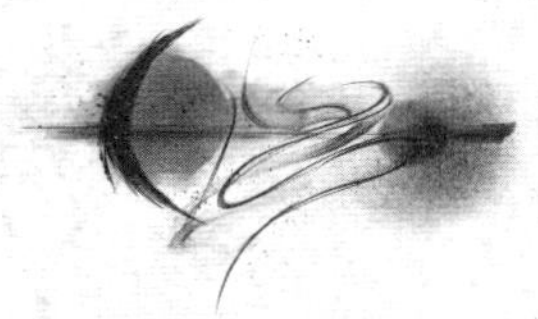

葉忻回到城市後，因為柳正鉉向刑警說是他挾持葉忻到馬爾代夫，所以刑警也沒留難葉忻。

而柳正鉉在白在山的幫助下，暫時處於自由狀態。

柳正鉉結束了大部分三良集團旗下的公司，只為白在山留有部分合法的生意，以及為自己留有一筆資金。

對於白在山曾經為刑警效力，柳正鉉也不在意，由始至終，他都對這位情同手足的助手百分百信任，確信兩人之間的感情是真摯，每次見到他都會説笑：「你好，總裁。」

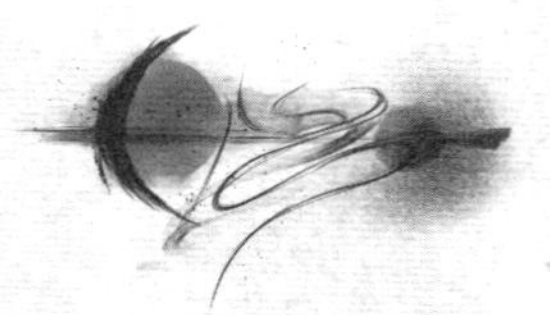

柳正鉉與葉忻自馬爾代夫分別後，再次見面已經是在祝悠嘉的喪禮上，他陪伴著葉忻面對最好朋友的離世。

哀傷過後，葉忻已經不再住在那棟殘舊的大廈，反而搬到市區居住，剪了一頭短髮，現在的衣著是走日系小清新路線。

她的屋裡放著畫架，經常一整天都全神貫注地畫畫。但她不只是個靠兼職維生的匿名畫家，還是一個……貧苦學生。

柳正鉉與葉忻再次見面，就是慶祝她被大學取錄，終於能如願以償修讀藝術。

他們相約在葉忻家附近的便利店。

「妳果然是請我吃三文魚飯團。」

「沒法子，學費太貴了，誰叫某人不再購買伊曼達的畫。」葉忻説笑道。

「是妳自己說要停筆整理思緒。」柳正鉉回應。

葉忻的臉不像以往那麼陰沉，卻又多了一份思念的哀愁，也變得較為開朗，至少能夠安心地笑。

葉忻從袋裡拿出了一張證件，興奮地向柳正鉉展示：「我的學生證！看不出我已經二十九歲吧？」

「是的，像四十歲。」說笑後，柳正鉉表情嚴肅地查看著，留意到學生證上的名字，並非寫上葉忻：「都說了妳最喜歡『夏昕』這個名字吧。」

葉忻說笑：「要我跟你重新自我介紹一次嗎？」

「妳在馬爾代夫問我的問題。」柳正鉉：「我想我有答案了。」

「哦？」葉忻裝傻：「我忘了問過你甚麼。」

「我現在已不用再為黑道辦事了。」柳正鉉：「妳仍想知道我打算做甚麼嗎？」

葉忻點點頭。

「那妳先去幫我再買多個飯團吧。」柳正鉉回答。

他微笑地望著葉忻輕盈的背影。

付錢後，葉忻從收銀處回到用膳區，卻再見不到柳正鉉。

即使她立即致電他也無法接通。

柳正鉉不捨的站在不遠處回望葉忻，不習慣道別的他，以怎樣的方式遇見她，就以怎樣的方式與她說再見。

葉忻望著手上的飯團，沉寂了一會，獨個兒離開便利店。

「這個人……至少也讓我抱一抱才走吧。」

一年後。

蔚藍的天空之下，在一條靠近海岸的村落，當地居民以半農半漁的方式生活。本來落後的村莊，卻出現一位投資者願意投放大量資源以改善當地生活。

村民起初擔心地產霸權侵佔，但那位名叫柳正鉉的投資者不只付出金錢，還親自在這條村落生活。老年人依然跟隨著傳統方式生活，而年輕人也會經營較為貼近潮流的店舖及餐廳。

這裡只有數十萬人居住，而柳正鉉所住的一帶則有數十個家庭。他們偶然會起衝突，但也有暖心溫情的一面，只是事無大小都會找柳正鉉主持公道。

大至經營生意要問意見，小至婆婆的家裡燈泡壞了，大家都會著急地走到柳正鉉面前求助，並且笑稱他叫團長，因為他是這個團體裡讓每個人都樂於聽命的人。

某天，當他站在堤壩上欣賞著無邊際的海岸線時，一個年輕人跑來告訴他：「柳團長！有人來找你！在你家門口。」

柳正鉉慢條斯理的走回去，而白在山則面青唇白的坐著。

「都來過這麼多次還會暈船，你真弱。」柳正鉉一邊開門，一邊說。

「再取笑我的話，下次勞煩請其他人幫你買畫。」白在山將一幅畫放到角落。

「你知道我只信任你嘛！」

說畢，柳正鉉心急的將畫拆開。

畫上依然是玫瑰，卻再不是藍色的憂鬱玫瑰。而是一男一女正在走向盛開綻放的粉紅玫瑰。

畫家署名「夏昕」，如同她印在證件上的名字。

這是兩人道別一年後，她所畫的最新作品。後來她才明白為何他決定先暫別。兩人好不容易才過著真正屬於自己的人生，也就先追尋各自的方向。

「她一畫好就叫我送過來給妳了。」白在山望著畫說：「你甚麼時候才回去見見她？」

「誰說我沒有回去？」柳正鉉故弄玄虛地答。

偶爾，夏昕與同學去吃晚飯，喝了點酒半醉回家，她也安心的在寂靜的街道上走著；門口會擺放著一箱她愛吃的零食；

信箱會收到沒貼上郵票的信件。

在白晝與黑夜之間，他們選擇在月光下碰面。

在保持距離卻感知到對方存在的瞬間，他們會同時抬頭望向天空，眼神如星辰閃亮，映照出重遇的希望。

對他而言，愛是一種在永恆無盡的長夜裡，永不失聯的守護。

就算走了多遠，只要她回頭看，都會發現他一直存在。

黯戀即將落幕，屬於他們的故事，會在未來的白晝正式開始。

黯

Fainted Love

作　　者：莎比亞
責任編輯：Chorsei
裝幀設計：Sands Design Workshop
封面插畫：Blacc Mict (IG@blaccmict)
角色插畫：Chamo (IG@Chamomooo)

Facebook：https://www.facebook.com/Shakepearelove
Instagram：sapeiar
電子郵箱：sapeiarbook@gmail.com

出　　版：洄水文化

版　　次：二〇二五年七月初版
I S B N：978-988-7069-92-8
承　　印：新世紀印刷實業有限公司

Published and Printed in Hong Kong